九つの、物語

橋本　紡

集英社文庫

CONTENTS
もくじ

イラストレーション／香魚子
本文デザイン／川谷デザイン

九つの、物語

THE NINE STORIES

第一話

縷紅新草

泉鏡花《いずみきょうか》の『縷紅新草《るこうしんそう》』を読んでいたら、お兄ちゃんが部屋に入ってきた。びっくりした。思わず何度も瞬《まばた》きを繰り返してしまったくらいだ。お兄ちゃんは以前とまったく変わらぬ様子でわたしを見て、それから深々とため息をついた。

「あのさ、ゆきな、勝手に俺《おれ》の部屋に入るなよ」

いささか呆《あき》れた調子で、お兄ちゃんがそう言う。お兄ちゃんはさらに言葉を続けようとしたけれど、なにかに気づいたのか、部屋の入り口に立ったまま、不思議そうに室内を見まわした。そこはわたしの部屋ではなく、お兄ちゃんの部屋だった。だからお兄ちゃんが呆れるのもわかる。勝手に入れば、それは怒るだろう。いくら兄妹とはいえ、守るべき礼節がある。

わたしが寝転んでいるベッドは、もちろんお兄ちゃんのベッドだ。室内にわたしのものはひとつもない。ベッドも、たくさんの本も、最新型より分厚いノートパソコンも、すっかり古くなってしまったゲーム機も、すべてお兄ちゃんのものだった。

部屋はさして広くない。どうにか六畳あるものの、机とかベッドが置かれているし、おまけに大きな本棚が三つも並んでいるため、かなりの圧迫感だ。本棚の背丈は高く、一番上の棚に置かれている本は、身長百五十七センチのわたしがひたすら背伸びしても取り出せない。指先がどうにか背表紙に触れるくらいだ。もしそこにある本を読もうと思ったら、なにか台を持ってこなければならなかった。

お兄ちゃんは周囲が呆れるくらいの読書家で、たくさん本を読んでいた。この六畳の狭い部屋には、お兄ちゃんが集めた本がぎっしり詰め込まれている。同じように読書家だった叔父さんの蔵書をまとめて譲り受けた分も合わせれば、おそらく数千冊はあるだろう。ちょっとした図書館のようなものだった。大きな本棚が三つもあるのに、すべての本は収まりきらず、そういうのは床のあちこちに積まれていた。積まれた本の上には、うっすら埃《ほこり》が溜《た》まっている。長いあいだ、誰もこの部屋に入らなかったせいだ。

「前から何度も言ってるだろう。勝手に入るなって」

ようやくお兄ちゃんが言葉を発した。

「う、うん。ごめん」

そんな言葉がつい口から出る。わたしは本当に本当にびっくりしていたのだ。

お兄ちゃんは派手な花柄のシャツを着て、きれいなラインのジーンズを穿《は》いていた。男にしては長めの髪がとても似合っている。

泉鏡花をしっかり両手で握ったまま、お兄ちゃんの姿を、目で追った。ああ、きっとデートだったんだな、という推測が頭に浮かぶ。顔が整っていて、喋《しゃべ》るのがうまくて、服の趣味がいいお兄ちゃんは、やたらと女の子にモテる。小さなころから、そうだった。

男友達より、女友達のほうが多いタイプなのだ。

血の繫《つな》がった兄妹なのに、わたしとお兄ちゃんはまったく似ていなかった。

お兄ちゃんは交友関係が広く、休日に駅前を歩いていると、必ず友達から声をかけられるそうだ。対して、わたしはお兄ちゃんほど社交的ではなく、ひとりでいるのが好きなほうだった。顔の造りだって全然違う。お兄ちゃんはちゃらちゃらした感じの二枚目なのに、わたしはとにかく地味だ。たまにお兄ちゃんのことがすごく羨《うらや》ましくなる。あれくらい人付き合いがよくて、マメで、きれいな顔をしていたら、わたしの人生はずいぶんと違ったものになっていたはずだ。これぱっかりは生まれつきだから――性格も、容姿も――どうしようもないと諦《あきら》めてはいるけど。

お兄ちゃんは勉強机の椅子《いす》を引っ張り出すと、だらしなく腰かけた。ふう、と疲れた息を吐いている。

「今日は誰《だれ》とデートだったたの」

「美加《みか》ちゃん」

知らない名前だった。お兄ちゃんにはたくさんガールフレンドがいるので、知らない名前の子がひとりやふたりくらい――いや、三人や四人や五人くらい――出てきてもおかしくない。誰なの、と尋ねるのが面倒なくらいだ。

「すごく疲れたよ。俺、彼女とは合わないのかな」

「珍しいね、お兄ちゃんと合わない女の子なんて」

あ、心臓が急に走り出した。この異変に、体が反応したのかもしれない。それでも声だけはどうにか普通を装う。

何気ない感じで、以前のように、ただ気軽に喋る。

「そうだな」

呑気《のんき》なお兄ちゃんは、わたしの動揺に気づく様子もなく頷《うなず》いた。

「俺が女の子と話してて疲れるなんておかしいよな」

「お兄ちゃんの場合、そうだね」

「うん、俺、女の子と仲良くするのは得意だからさ」

もし身内じゃなかったら少し厭味《いやみ》に聞こえただろう。お兄ちゃんにとって、女の子とうまく付き合うのは当たり前の行為なのだ。相手が美人でも、美人じゃなくても、素直でも、素直じゃなくても、お兄ちゃんはあっさりと関係を成り立たせてしまう。とにかく優しいし、呆れるくらいにマメだし、「愛してる」とか「好きだよ」とか「きれいだね」とか平気で口にできるからだろう。湯水のごとく、そんな言葉を垂れ流すのだから、たいしたものだ。

とはいえ、お兄ちゃんはただの女たらしではない。

誰かと付き合ってるときはだいたい本気だし、愛してると言うときは本当に愛してるし、きれいだねという言葉も本当にそう思ってるから出てくるのだ。決して薄っぺらい口先だけの言葉を吐いているわけではなかった。だからこそ、女の子たちはお兄ちゃんにのぼせてしまうのだろう。真面目な顔で、真面目な声で、君が好きだと言われたら、やっぱり嬉《うれ》しいものだ。

「彼女さ、なに考えてるかわからないんだよな」

「根本的な違いがあるんじゃないかしら」

「ああ、確かにそうなのかもしれない」

頷いたあと、お兄ちゃんは急に生き生きし始めた。

「じゃあ、しばらく付き合ってみるか」

この感情の動きは、さすがに妹であるわたしにもわからないけど……。

「なぜ、そうなるのよ」

「だって面白いだろう」

「ええ、どうして」

「合わない相手なら、俺には理解できないなにかを持ってるってことじゃないか。それが理解できるようになったら、すごいだろう。価値観がガラリと変わるくらいの衝撃があるかもしれない。わからないのは、素晴らしいことだ」

我が兄ながら、こういう面には呆れるし、感心もする。

さっきまで落ち込んでいたのが嘘《うそ》のように明るい顔になったお兄ちゃんは、ベッドの方に近づいてくると、わたしにどけよと言った。手で犬を追い払うような仕草までしている。なによと不機嫌に言いつつ、わたしはベッドの端に体を寄せた。窓枠に背中を預け、体育座りのような感じで小さくなる。

空いたスペースに、お兄ちゃんはごろりと寝転んだ。わたしの並んだ足の向こうに、お兄ちゃんの頭があるという感じ。

すぐ近くで見ても、お兄ちゃんは確かにお兄ちゃんだった。目はくっきりした二重で、とてもきれいなラインを描いている。女みたいなシャツを着ているから細く見えるものの、実際の手や肩はがっしりしていた。シャツから出た手首の骨の出っ張りが、とても大きい。視線を落とし、本を持つわたし自身の手を見てみた。当たり前だけど、お兄ちゃんと比べたらはるかに華奢《きゃしゃ》で、まるでオモチャのようだ。誰かが強く握ったら、あっさり砕けてしまいそう。

自分の骨をじっと見ていたところ、お兄ちゃんがこちらを向いた。

「なにを見てるんだよ」

「お兄ちゃんの手首と、わたしの手首は違うなあって思ってた」

「どういうこと」

「お兄ちゃんのほうが硬そう」

そうかなと呟《つぶや》き、お兄ちゃんは自分の手首に目をやった。寝転んでいるので、手首を顔の上にかざすような感じになる。甲のほうをまず確認し、ひっくり返して内側を見る。そんなことを二回も三回も繰り返した。

「俺はもう少しがっしりしたいけどな」

やがてお兄ちゃんは言った。

「男にしては細いほうだろ」

「女よりはがっしりしてるよ」

「それは当たり前だ。女より細かったら、へこむよ」

お兄ちゃんが体を動かすたび、ベッドのスプリングがキイキイと音を立てた。長いあいだ使われていなかったから、どこかが錆《さ》びついているのだろう。じっと見てみると、お兄ちゃんが乗っているマットレスは、その体に沿って、滑らかに沈んでいた。ということは、しっかり重さがかかっているということだ。

「ちょっと見せてみろ」

「え、なにを」

「おまえの手」

その言葉をよく理解しないうちに、左手を掠《さら》われていた。いきなりだったので心臓が跳ね上がった。強引に引っ張られたわたしの手は、お兄ちゃんに握られている。大きくて、温かい手だった。そう、ちゃんと温かかった。

「細いな、おまえ」

しみじみと、お兄ちゃんは言った。

「こんなに細かったのか」

「なによ、いきなり」

なんだか顔が赤くなってしまう。手を引き戻そうとしたけど、しっかり掴《つか》まれているため、ちっとも動かなかった。

男と女の、力の差を感じた。

「ねえ、離して」

けれどお兄ちゃんは離してくれない。

「うわ、握ったら折れそう」

お兄ちゃんの手に、少し力がこもる。手首が絞《しぼ》り上《あ》げられるような感じ。わたしは痛い痛いと大きな声を出した。本当はそんなに痛いわけじゃなかったけど、たぶん慌てていたんだと思う。強く引っ張ると、ようやくお兄ちゃんは解放してくれた。手首の辺りに、ぎゅっと握られた感じが残っている。お兄ちゃんの、手の感触だ。

「乱暴だよ、お兄ちゃん」

戸惑いよりも憤《いきどお》りが勝り、わたしはきつい口調で言った。

「悪かったよ」

謝ってるけど、ものすごく適当だ。まあ、兄妹なんてこんなものだった。ずっと一緒に暮らしていると、いちいち本気になってたら、とてもやっていけない。

それからしばらく、わたしたちは黙っていた。本当に疲れているらしく、お兄ちゃんは目を閉じ、ゆっくり呼吸している。息を吸い込むと、その胸やお腹が膨らんだ。息を吐くと、今度は胸やお腹が萎《しぼ》む。上下の睫《まつげ》の重なり具合とか、鎖骨《さこつ》の少し上に浮き出る腱《けん》とか、頭の下で両腕を組んで寝転ぶ姿とか、なにもかもが記憶のままだった。

ここにいるのはお兄ちゃんだ。

改めて、わたしは思った。確信した。

間違いない。お兄ちゃんなんだ。

やがて、そのお兄ちゃんが、なにかを口にした。まるで寝言のような感じ。ちゃんと聞こえなかったので、わたしはなにと尋ねた。

「なに、なんて言ったの」

　あれあれ見たか、
　　あれ見たか。
二つ蜻蛉《とんぼ》が草の葉に、

かやつり草に宿をかり、
人目しのぶと思えども、
羽はうすものかくされぬ、
すきや明石《あかし》に緋《ひ》ぢりめん、
肌のしろさも浅ましや、
白い絹地の赤蜻蛉。
雪にもみじとあざむけど、
世間稲妻《いなずま》、目が光る。
　あれあれ見たか、
　　あれ見たか。

お兄ちゃんは同じ姿勢のまま、やはり瞼《まぶた》を閉じ、そんな言葉を呟いた。ちょうどわたしが読んでいた短編の冒頭部分だ。試しに何ページか戻って確認してみたところ、お兄ちゃんが口にした言葉は、一言一句、少しの間違いもなく本文と合っていた。

「よく覚えてるね、お兄ちゃん」

ちょっとびっくりしてしまった。

だって鏡花の『縷紅新草』だろう、とお兄ちゃんが言う。

「鏡花の文章って、最初に読んだときはよくわからなくてさ。高三くらいのころだったかな。それで何度も何度も読み返したんだ。ちょうど受験勉強の時期だったから、英単語を覚えるみたいな感覚で覚えちゃったんだよ。ほら、頭が記憶モードに入ってる感じでさ。もっと先まで言えるぞ」

お兄ちゃんは『縷紅新草』を暗誦《あんしょう》し始めた。お兄ちゃんの声に合わせて、本の文字を目で拾ってゆく。一文字も間違っていなかった。お兄ちゃんの声は低く、とても穏やかだ。まるで子守歌のようだった。暗誦を聞きつづけるうち、わたしはいつか、眠っていたのではないだろうか。窓から差し込む夕日、古い本の匂《にお》い、部屋の狭さ、お兄ちゃんの声――。あまりにも心地よかった。お兄ちゃんの声が途切れても、しばらくは、ただぼんやりとしていた。そのあいだに、どれだけの時が流れたのだろう。

「ゆきな」

名前を呼ばれたけど、すぐには気づかなかった。

「おい、ゆきな」

「え、なに」

気づくまで、何度、呼ばれたのか。お兄ちゃんの瞼は開かれ、その視線がわたしを捉《とら》えていた。黒目勝ちで、その大きな瞳《ひとみ》はとても深い。まるで闇《やみ》を閉じ込めているかのようだ。ああ、と思った。この目でじっと見つめられるから、女の子たちはお兄ちゃんに参っちゃうんだな。

けれど、お兄ちゃんの口から出てきたのは、まったく艶《つや》っぽくない言葉だった。

「おまえ、腹減らないか」

「あ、減ったかも」

わたしの口から出てきた言葉も、やはり艶っぽくない……。

「夕食には早いけど、なにか食べよう。俺が作るからリクエストしていいぞ」

「本当に？」

「ああ、なんでも言ってみろ」

じっくり、ゆっくり、考えた。久しぶりの、お兄ちゃんの料理だ。実家にいたころは、お母さんが作る雑な料理を文句も言わずに食べていたくせに、東京の大学に進んでから、お兄ちゃんはいきなり料理にうるさくなっていた。ケチャップで作るナポリタンは邪道だとか、そもそもナポリタンという料理はイタリアには存在しないとか、ホールトマトは南イタリア産じゃなきゃいけないとか言ったりしてたっけ。

考えに考えた末、頭に残ったのはひとつだった。

「トマトスパゲティがいい」

ええ、なんだよ、と不満そうに、お兄ちゃんは言った。

「せっかく作ってやるって言ってるんだから、もっと凝《こ》った料理をリクエストしろよ。

せめてボロネーゼとか、ベシャメル・ソースから作るグラタンとか、クリームコロッケとか」

「お兄ちゃんのトマトスパゲティが食べたいんだもの」

「わかった。じゃあ、望み通り、トマトスパゲティを作ってやろう」

笑いながら身を起こすと、お兄ちゃんはそのまま立ち上がった。斜《なな》めに差し込んだ夕の光が、全身を照らす。つい影を確認してしまった。ちゃんと影はあった。部屋の入り口にまで、長く長く伸びていた。

「どうした、ゆきな」

ううん、と首を振る。

「なんでもない。ねえ、早く作ってよ」

「任せておけ」

お兄ちゃんは、わざとらしく笑いながら、わざとらしく腕捲《うでまく》りした。

両親が海外に行ってしまってから、この家に住んでいるのはわたしだけだった。純和風といえば聞こえはいいものの、実のところ、ただひたすら古くて、ただひたすら広いだけの家だ。冬なんて隙間風《すきまかぜ》がひどく、わたしは慣れているから平気だけど、泊まりにきた友人たちはことごとく風邪を引いて帰っていく。大雨が降ると、雨漏りすることもある。もし大きな地震が来たら、あっという間に倒壊するに違いない。

中学生のころは、この古い家が嫌いだった。友達の新築の家にすごく憧《あこが》れた。そういう家に遊びにいったあと、どうして我が家はこんなにボロいんだろうとため息をついたりもした。

ただ、いくらか年を取り、いろんなものを見たり聞いたりするようになってから、わたしはだんだん、この家が好きになりつつあった。擦り切れた縁側の板や、太い梁《はり》や、凝った欄間《らんま》の趣《おもむき》がわかるようになってきたのかもしれない。

古いなりに、いちおうキッチンはきれいにしてある。ひとり暮らしだから外食が多いものの、いちおう自炊もしているのだ。とはいっても、朝ごはんに目玉焼きを作ったり、オムレツを作ろうとしたら失敗してスクランブルエッグになったり、せいぜいシチューやカレーを作りだめする程度だけど。

フライパンや、鍋《なべ》の位置が変わってるせいか、お兄ちゃんは少しばかり戸惑ったようだった。

「パスタ鍋ってどこだっけ」

「右側の戸棚」

「いつからパスタ鍋をここに置くようになったんだよ」

「ちょっと前かな」

慎重に答えておく。

「フライパンは？」

「流し台の下」

あれ、とお兄ちゃんは呟いた。料理を作るのにうきうきしていた感じが消えて、顔が真剣になり、視線がさまよった。たった一秒か二秒の出来事だったと思う。やがてお兄ちゃんの視線が定まった。わたしをまっすぐ見た。そうして視線が重なったまま、唇が動きかける。わたしは息を呑《の》んだ。

しかし、その言葉は、ついに発されなかった。お兄ちゃんは元通りのうきうきした調子を取り戻すと、流し台の下からフライパンを取り出した。

「ゆきな、ニンニク取ってくれ」

「ひとかけ？　ふたかけ？」

冷蔵庫を開け、ビニール袋に入れてあるニンニクを取り出す。ほっとしているのか、それとも怖れているのか。自分でもよくわからないから、かえって明るい声を出してしまった。

「ふたりだから、ふたかけだな」

「はい、どうぞ」

ニンニクを割って、ふたかけをお兄ちゃんに手渡す。トマトスパゲティを作るための材料は揃《そろ》っていた。わたしがお兄ちゃんから教えてもらった唯一の料理がそれで、いつの間にかわたしの得意料理……というか唯一まともに作れる料理になっていたからだ。必要なものはすべて、パスタも、ニンニクも、オリーブオイルも、いろんなスパイスも、全部ある。

「ありがとう」

礼を言いながらニンニクを受け取ったお兄ちゃんは、パスタ鍋にたっぷりと水を入れた。そしてそれを、右側の強火用コンロにかける。ここからの手順は、もちろんわたしも知っている。お湯が沸くまでのあいだに、まずニンニクの薄皮を剝《む》くのだ。包丁の刃の根元を使って、すっと薄皮に切り込みを入れ、ニンニクをまわすようにして薄皮を剝《は》ぐ。これが、なかなか面倒臭い。冷蔵庫の中で乾燥した薄皮はいつもきれいに剝けなくて、あちこちに少しずつ残ってしまうのだ。面倒臭いけど、この薄皮を取っておかないと、食べているとき口に入って嫌な思いをすることになる。

「やっぱりガーリック・ピーラーを買ったほうが楽だよな」

薄皮を丁寧《ていねい》に剝きながら、お兄ちゃんは言った。

「ガーリック・ピーラーって？」

「ニンニクの皮剝き器だよ。シリコン製の筒で、その中にニンニクを入れて、あとは手の平で押しつけるようにしながら転がすんだ。それで簡単に剝けるらしいよ」

わたしはキッチンテーブルにつき、泉鏡花をぱらぱらと捲《めく》りながら、料理に熱中するお兄ちゃんの背中をたまに見たりなんかしていた。なにもかもが覚えている通りだった。腕の動かし方、肩の張り方、男のくせにお喋りなこと。完全に、間違いなく、確かに、お兄ちゃんだ。

「へえ、そういうのがあるのね」

「おまえはなんにも知らないんだな」

意地悪な感じでお兄ちゃんが言った。憎らしいので、後ろから丸めたチラシを投げつけてやる。なにすんだよと言いつつ、お兄ちゃんは笑った。お兄ちゃんが意地悪なのがいけないんだよと言いつつ、わたしも笑った。

薄皮を剝き終えると、お兄ちゃんはまな板にニンニクを並べ、包丁の腹でぎゅっと押し潰した。刻むよりも、そうして潰したほうがニンニクのエキスがよく出るのだ。それからようやくフライパンを火にかけ、オリーブオイルを注ぐと、すぐにニンニクを入れた。ゆっくりと温まっていくオイルで、ニンニクを泳がせる。

「これは絶対に強火じゃ駄目なんだよな」

もうずいぶん前に教えてくれたことを、お兄ちゃんは繰り返した。

「焦げないようニンニクを油で泳がせる」

「お湯、沸いてるよ」

「じゃあ、パスタ入れてくれ」

「うん」

本をテーブルに置き、わたしも作業に加わる。とりあえずは塩だ。かなりたくさん必要だった。だいたい海の塩辛さと同じくらいにするのだそうだ。スパゲティを入れるとき、一工夫を試みた。スパゲティの束を両手で捻《ひね》っておいて、鍋に入れる瞬間、一気に離すのだ。そうすると、細い麺《めん》が均等に広がって、ムラなく茹《ゆ》でられる。けれど、うまくいかなかった。手を離すタイミングが悪かったのか、二、三本鍋に入らず、床に落ちてしまった。

わたしの失敗に気づいたお兄ちゃんは、偉そうに言った。

「まだまだ駄目だな。なってない」

まったく、その通りだ。

嘆息しつつ、落ちたパスタを拾う。

「これ、どうしようか。捨てたほうがいいかな」

「三秒以内に拾ったか」

ううん、と首を振った。

「七秒はかかったかも」

「じゃあ、駄目かな」

なんて言いつつ、当たり前のように、わたしはそのパスタを鍋に入れた。

「駄目だね」

「なんだ。結局、入れるのか」

「三秒も七秒も変わらないわよ。だいたい床に落ちたくらいで捨てられるんじゃパスタがかわいそうじゃないの」

「そうだな。かわいそうだな」

なんて言ってるけど、決して心優しいわけではない。

わたしたちは大ざっぱな兄妹なのだ。

「そろそろスパイスを入れるか」

オイルが熱くなり、ニンニクが色づいてきたころ、お兄ちゃんはたくさんのスパイスをフライパンに入れた。まずカルダモンとチリペッパーの粉末、それからローズマリー、バジル、タイム、オレガノ、クローブ。入れる順番も、量も、ものすごく適当だった。

それらのスパイスをオイルで少し煮てから——焼くというより、まさしくオイルで煮る感じだ——ようやくお兄ちゃんはホールトマトの缶を開け、赤い赤いトマトをフライパンに入れた。木べらでトマトを丁寧に潰しながら、たっぷりと香りのついたオイルに、トマトを絡めていった。トマトの赤と、オリーブオイルの黄が、徐々に混じっていく。

そのころにはパスタもちょうどいい具合に茹で上がっていた。

「よし、そろそろかな」

お兄ちゃんは鍋からパスタを一本取り、口に運んだ。

「ちょうどいい。もうできるぞ」

「うん」

「あとはソースに絡めるだけだ」

ここからはスピード勝負だ。のんびりしているとパスタがアルデンテではなくなってしまう。フライパンにパスタを入れると、お兄ちゃんは柄《え》を右手に持ち替え、よっと声を出しながら派手に煽《あお》った。トマトソースとパスタが、そうしてきれいに混ざっていく。なかなか見事な手つきだった。

テーブルに置かれた二枚の皿に、きれいにパスタが盛られた。最後に香りづけのためのオリーブオイルをかけたので、その表面はつやつや光っている。

久しぶりの、お兄ちゃんのパスタだ。とてもおいしそうだった。

「いただきます」

「いただきます」

兄妹で声を揃え、それからすぐフォークをパスタの山に突き刺した。口に運んだパスタは、とてもおいしかった。ニンニクの香りがまず口中に広がって、あとから複雑なスパイスの香りがやってくる。

「ああ、おいしいね」

　思わず声が漏れてしまった。

「これ、おいしいよ」

　パスタを嚙《か》むお兄ちゃんは、なんだか得意気だ。

「そうだろう。うまいだろう」

「わたしも同じ作り方をしてるのに、ちょっと違う」

「不思議なもんだよな。料理ってさ。トマトスパゲティなんて簡単なものだろう。おまえに教えたのは俺だから、同じ味になるはずなんだ。でも、ならない。ちょっとだけ違うんだよな、やっぱり」

「そうなんだよね。ちょっとだけ違うんだよね。本当に不思議」

　手順も、使っているパスタも、スパイスも一緒なのに、味は確かに違うのだ。この差は、いったいどこから生まれてくるのだろうか。ただ単純に、自分が作ったものより、人の作ったもののほうがおいしく感じられるだけなのかもしれないけど。

「クローブに気をつけろよ。取り出してないから。嚙むと味がきついぞ」

「大丈夫。避けて食べてるよ」

　本当においしくて、たまらなく懐かしかったので、あっという間に残り一口になってしまった。

「どうしたんだ」

その、残り一口を眺めていたら、お兄ちゃんが尋ねてきた。

食べ終えたくない……。

そんな本音を漏らすことはできず、わたしは曖昧《あいまい》に笑いながら、最後の何本かをフォークに絡めた。

口に運ぶ前に尋ねる。

「お兄ちゃん、また作ってくれるの」

ああ、とお兄ちゃんは頷いた。彼はもう食べ終わっていた。

「また作ってやるよ」

優しい言葉に安心し、わたしは最後のパスタを口に運んだ。ゆっくりと噛んで、たっぷりと味わってから、飲み込んだ。

フォークを皿に置くと、かちゃりと音がした。

「ごちそうさまでした」

ちゃんと手を合わせてから、わたしはそう言った。

あれあれ見たか、
あれ見たか。

二つ蜻蛉が草の葉に、
かやつり草に宿をかり、
人目しのぶと思えども、
羽はうすものかくされぬ、
すきや明石に緋ぢりめん、
肌のしろさも浅ましや、
白い絹地の赤蜻蛉。
雪にもみじとあざむけど、
世間稲妻、目が光る。
　あれあれ見たか、
　　あれ見たか。

　食事が終わってからも、わたしたちはそれぞれの部屋に引き揚げず、キッチンの隣にあるリビングで過ごした。古臭い革製のソファに座り、肘掛《ひじか》けに体を預け、わたしは泉鏡花を読み進めた。よくわからないところもあったけど、『縷紅新草』はなかなか面白かった。
『縷紅新草』の主な登場人物はふたりで、彼らが墓参りに行くところから物語が始まっていた。ひとりは辻町《つじまち》という男、従姉《いとこ》の墓に参るため、寺に続く長坂を登っている。もうひとりは、従姉の娘だ。かつて辻町は自殺を考えたことがあったのだけど、先に女が自殺するところを見てしまい、自身は死を思いとどまる。自殺した女は、初路《はつじ》といって、元は高い身分の生まれだったのに、落ちぶれて女工になり、自らが考案したハンカチのデザインを——赤蜻蛉がふたつ、絡み合って飛んでいるだけのことなのに——卑猥《ひわい》であると責められ、それを苦にして、城のお濠《ほり》に身を投げた。

冒頭に書かれているのが、初路さんを死に追いやった歌だった。

最後の行を読み終わってから、もう一度、若い女を死なせた歌に目をやった。こんなことを歌われただけで死んでしまったのだ。城のお濠に身を投げた。わたしなら死なないなと思ったものの、なにしろ時代が違う。この小説が書かれたころならば、とんでもない恥だったのかもしれない。目を閉じると、物語に描かれた赤蜻蛉の姿が浮かんだ。たくさんの、数千の、あるいは数万の群れ。二匹が対《つい》になって飛んでいる。

「それを言いたかったんだ、いまの蜻蛉の群の話は。それがね、残らず、二つだよ、比翼なんだよ。その刺繍《ししゅう》の姿と、おなじに、これを見て土地の人は、初路さんを殺したように、どんな唄を唱うだろう」

辻町の台詞《せりふ》だ。

もう一度、今度は大ざっぱに物語を追っていると、そんな台詞が目に入ってきた。いつか読み返してみよう。たぶん、次は全然違うふうに感じる。なんとなくだけど、そう思った。読む時期、読む心によって、この話はずいぶんと変わったものになる。

裏表紙を捲ると、そこにお兄ちゃんの名前を見つけた。藤村禎文《ふじむらさだふみ》——と朱印が押してある。ちゃらちゃらした性格のくせに、名前はやけに立派なのだ。禎文だなんて似合わないよなと自分でも言っているくらいだ。朱印は、習字教室に通っていたころ、お兄ちゃんが自分で作ったものだった。篆刻《てんこく》というらしい。お兄ちゃんは本を読み終わると、この朱印を必ず押す。

鏡花の本に押された朱の色は、だいぶ褪《あ》せていた。お兄ちゃんがこの本を読んだのは何年前なんだろうか。少なくとも二年以上前だ。それ以降、お兄ちゃんは、一冊も本を読んでいないはずだから。

そのお兄ちゃんは今、部屋の端に積んであるわたしのCDを一枚一枚眺めていた。古い洋楽も混じっているけど、半分以上は最近のものだ。

「なあ、聴いていいか」

やがてお兄ちゃんが尋ねてきた。明るい声だが、顔は真剣だ。

「いいよ。なに聴くの」

「これ」

お兄ちゃんが右手に持っているのは、レッド・ホット・チリ・ペッパーズの『ステイディアム・アーケイディアム』だった。

「レッチリ、こんなの出してたっけ。二枚組なんて」

「新しいのだよ」

注意深く、わたしは答えた。

「そうか。新しいのか」

注意深く、お兄ちゃんは頷いた。

和簞笥《わだんす》の上に置いてあるミニコンポ——古臭い純和風家屋には似つかわしくない代物《しろもの》だ——にCDを入れると、お兄ちゃんは再生ボタンを押した。アンソニー・キーディスの歌声が流れだす。

「こんなの出たの知らなかったよ」

お兄ちゃんはぽつりと漏らした。当たり前だ。知っているはずがない。お兄ちゃんはこの曲を知らない。絶対に。

アンソニーの嗄《か》れた声に包まれながら、お兄ちゃんはわたしのほうにやってくると、すぐ隣に腰かけた。そして、わたしから泉鏡花を取り上げ、『縷紅新草』を読み始めた。返してよと言っても、うるさそうに手を振るばかりで相手にしてくれない。しょうがないので、わたしはぼんやりと『ステイディアム・アーケイディアム』を聴いていた。一時はこのまま消えてしまうと思っていたレッチリだけど、しっかり復活してきた。今もこうして面白い曲を歌って、ヒットを飛ばしている。

曲と曲の合間、派手なロックミュージックの音が消えてしまうと、別の音が聞こえてきた。お兄ちゃんが本を読む音だ。ページを繰るたび、さらり、さらりと、紙の擦れる音がした。

ああ、懐かしい……。

胸の中にふと、そんな思いが湧《わ》き上《あ》がってきた。まるで泉から、なみなみと水が湧くような感じだった。昔、こんなことがよくあった。何年前だろうか。こうしてソファに並んで腰かけ、お兄ちゃんと一緒に本を読んだっけ。お兄ちゃんの影響を受けたせいか、わたしは本を読むのが好きな子供だった。よくわからないまま、芥川龍之介《あくたがわりゅうのすけ》や森鷗外《もりおうがい》や坂口安吾《さかぐちあんご》を読んだりした。それらはどれもお兄ちゃんが買い集めたものだ。駅裏にある昔ながらの小さな古本屋で、ワゴンに詰め込まれて五十円くらいで売られているような本ばかりだった。どれもこれも二十年とか三十年前に刷られたものだから、紙はすっかり傷《いた》んで、あちこちに染みがあったり、破れていたりする。その古くなった本の匂いが、わたしは大好きだった。印刷されている文字よりも、文字が表現しているものよりも、古い本の匂いや手触りが好きだった。

お兄ちゃんの本をたくさん読んだ。お兄ちゃんと一緒に読んだ。わからないことがあると、お兄ちゃんに尋ねた。そのたびに、お兄ちゃんは面倒臭そうな顔をしつつも、ちゃんと教えてくれた。

なにもかもがそんなころに戻っていた。

ちっともおかしなことじゃなかった。

とても自然で当たり前だった。

三十分ほどで『縷紅新草』を読み終えたお兄ちゃんは、ふうんと唸《うな》りながら、本を閉じた。それから色褪せした表紙を確認し、何気なくページを捲った。

その横顔に尋ねてみる。

「面白かったの」

「ああ、面白かった。たぶん、この辻町というのは、鏡花自身を重ねてるんだろうけど、東京で見た赤蜻蛉をずいぶん長く書いてるだろう。ここがいいよ。車の運転手が『赤蜻蛉に乗せられて、車が浮いて困ってしまいました』なんて言うのがさ。この話、ゆきなはどう思った?」

ううん、と唸ってしまう。

「ちょっとくどいかな」

「そこがいいんだろう」

「お兄ちゃんはさ、くどいのが好きなんだよね」

「なんだよ、それ」

「趣味がロマンチックな女の子みたいってこと」

にやにや笑いながら言ってやったら、お兄ちゃんは少し不貞腐《ふてくさ》れた。

「おまえはもう、俺の本を読むな」

「拒否します」

右手を挙げ、宣誓するような感じで、そう言ってやる。

「読んでもいいって約束がありますから」

「約束？」

「したよね。いつでも読んでもいいって」

ああ、とお兄ちゃんは頷いた。記憶が蘇《よみがえ》ったのだ。そして嬉しそうに笑った。

「したな、約束」

「うん、した」

お兄ちゃん、と言った。わたしは、そろそろ我慢が限界に近づいていた。なにが起きているのか、あるいは起きていないのか、確かめるべきときだ。これ以上、先に延ばすのは、なんだか辛《つら》い。

「手を見せて」

「いいよ」

差し出された手を、覚悟して摑む。まるで物のように、両手で持って眺める。数時間前、わたしの手首を強く握った手だ。関節や、拳《こぶし》が、とにかくゴツゴツしている。けれど、それは不格好《ぶかっこう》ではなく、妙な美しさを宿していた。とても大きくて、指が長いせいだろうか。それとも、爪《つめ》がきれいに手入れされているからだろうか。触ってみた手首の骨はとても硬かった。その骨をぐりぐりと押していたら、お兄ちゃんが笑い出した。

「くすぐったいって。やめろよ」

悪戯心《いたずらごころ》が湧き上がってきて、わたしはさらに突き出た骨をぐりぐりと押さえる。我慢しきれなくなったらしく、お兄ちゃんは強引に手を振り払った。

「まったく、おまえは本当に意地が悪いよな。やめろって言ってるのに、やめないんだもんな」

「スキンシップよ、兄妹の」

わざとらしく笑っておく。

「仲のいい家族だから」

うわ、気持ち悪い。お兄ちゃんは顔をしかめた。仲良し家族なんて最悪だよ。家の中なんて、ちょっとギスギスしてるくらいでちょうどいいんだ。——なんて言いつつ、我が家で一番家族と仲良しなのはお兄ちゃんなのだった。

とにかく、これではっきりした。
普通に喋れた。
一緒にトマトスパゲティを食べた。
ちゃんと触れた。
お兄ちゃんは確かに実在している。
「どうしてお兄ちゃんはここにいるの」
わたしはとても穏やかな声で尋ねた。なんだか、心は妙に落ち着いていた。
「お兄ちゃんは二年前に死んだはずだよ」
そうなのだ。お兄ちゃんは死んだ。物語に出てくる初路さんと同じように水死した。
わたしは、お兄ちゃんの死に顔を見た。お葬式に出た。墓もすでに建てられている。
だとしたら――。
この、目の前にいるお兄ちゃんはなんなのだろう。

第二話

待つ

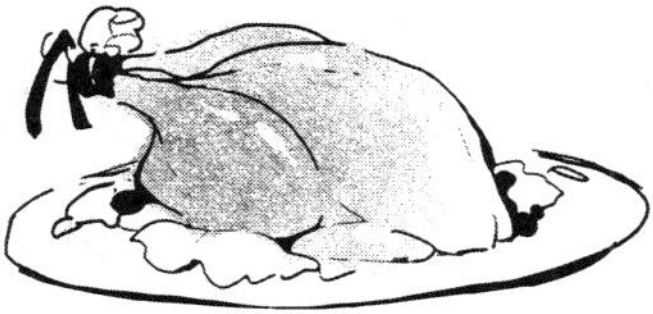

香月《かづき》君が声をかけてくる前、わたしは渋谷駅の裏手にあるガードレールに腰かけ、太《だ》宰治《ざいおさむ》の『待つ』を読んでいた。それはお兄ちゃんの棚から勝手に抜き出してきた本で、背表紙はすっかり日に焼けており、ページが取れてしまいそうなほどボロボロだった。

省線のその小さい駅に、私は毎日、人をお迎えにまいります。

最初の一文だけ目で追ってから、わたしは本の奥付を確認してみた。昭和三十七年七月に刊行されている。裏表紙の上に、薄い色の鉛筆で〝￥150〟と記されているのは、お兄ちゃんが古本屋で買ったからだろう。その下には〝￥70〟と書いてあり、数字の上に二重線が引かれていた。少なくとも二度、古本屋で売られたというわけだ。

この五十年ほどのあいだに、いったい何人の人間がこの本を手に取ったのか。わたしの手に届くまで、どれだけ読まれたのだろう。

わたしはこういう古びた本が好きだった。

汚れた本が好きだった。

誰《だれ》かが何度も読んだ本が好きだった。

ページのあいだに、使い古された栞《しおり》や、昔の日付のレシートなんか見つけると、嬉《うれ》しくてたまらなくなってしまう。もっとも、誰もがそうではないらしい。友達の美奈《みな》ちゃんは、古本は気持ち悪いと言っていた。

「だって誰が読んだのかわからないんだよ。汚い手で触ったかもしれないしさ。ポテトチップスの油がべったりついた手だったりしたら最悪だよ。それに古い本って妙な念がこもってる気がして気持ち悪いよね」

その感覚もわからないではない。

古い本には、確かになにかがこもっている気がする。読んだ人の思いだろうか。そこに記された言葉の思いだろうか。あるいは、年月を経たものは、ただそれだけで魂のようなものを宿すのだろうか。

駆けてきた香月君は、早口で言った。

「遅れちゃったね。ごめん」

そして、わたしの隣に座った。体がぴったりくっつくほど近くはない。だけど離れてるわけでもない。どちらかが、ほんのちょっと体を傾ければ、肩が触れる。それが今の、わたしと彼の距離だった。

彼と付き合い始めて、あと三日で一カ月になる。

キスはした。

キスだけは、した。

「なにを読んでるんだ」

そう言いながら、香月君が手元を覗《のぞ》き込《こ》んでくる。ページの上のほうに入っている、作品タイトルを目にして、くすくす笑った。すぐそばで聞こえる彼の笑い声はなんだかくすぐったくて、すごく気持ちよかった。

中性的な風貌《ふうぼう》をしているのに、彼の声は低く、意外なくらい男っぽい。

「『待つ』という話を読みながら、僕を待ってたのか」

「ああ、そうだね」

ちょっとした偶然に、わたしも笑ってしまった。

「たまたまだけどね」

言いつつ、本を閉じる。奥付と、古本屋でつけられたふたつの値段を確認し、さて本格的に読み始めるかと思ったところで、香月君が来たのだった。実のところ『待つ』がどういう話なのか、まだわかっていなかった。作者は太宰治だ。今まで『人間失格』と『斜陽』だけ読んだことがある。

見せてもらっていいかなと言って、香月君は手を伸ばした。こういう頼み方や、丁寧《ていねい》な仕草にも、彼の性格がよく表れている。お兄ちゃんなら、勝手に本を取り上げるだろう。それでも、ちっとも嫌な感じがしないだろう。

「藤村は古い本ばかり読んでるね」

「家にあるから」

「え、どういうこと」

意味がわからなかったのか、香月君は首を傾《かし》げた。お兄ちゃんと同様、香月君も男の子にしては細いほうだ。優しい顔立ちで、実際に優しい人だった。付き合うようになってから、彼が本気で怒ったことは一度もない。細いフレームの眼鏡をかけており、その奥の一重まぶたのラインが、穏やかな印象を強くしている。

香月君と付き合うことになったきっかけは、知人の紹介というか、よくあるパターンだった。その知人は絵を描いており、小さな画廊で個展を開いた。彼に呼ばれたわたしと香月君は、たまたま同じ日の、同じ時間に会場に行き、出会ったのだった。

わたしたちは違う大学に通っていたけど、互いのキャンパスがすぐ近くだったので、使っている店が同じだったり、共通の友達が他にもいたりした。そのせいか話が弾《はず》み、何度か買い物や映画に出かけ、一ヵ月前に告白された。

正直なところ、びっくりした。

なんとなく彼とは友達のままなんだろうなという気がしていたからだ。性格や、考え方が似ているからこそ、そう思ってしまったのかもしれない。実際に付き合ってみると、彼との関係はとても心地よかった。

「わたしの家にね、こういう古い本がたくさんあるの」

「家族の誰かが本好きだったのかな」

「うん。そんなところ」

なぜ言葉を曖昧《あいまい》にしたんだろうか。お兄ちゃんが読書家だったと、はっきり言ってもかまわなかったのに。

香月君はそれで納得してくれた。

「ふうん」

穏やかに頷《うなず》き、本に視線を落とす。

ページを捲《めく》る指先を、わたしはこっそりと観察した。男の子にしては細い指だけど、やっぱり女とは造りが違う。指の先が丸っこいというか。爪《つめ》はきれいに切られ、ヤスリをかけてあるとはいえ、なんだか無骨だ。ただ、それはちっとも嫌な感じじゃなかった。むしろ愛しい。その手で引き寄せられたいと体が勝手に感じている。

そう、わたしは香月君が好きだった。

告白されたから付き合い始めたのだけど、それだけじゃない。

ちゃんと心が、体が、惹《ひ》かれている。

ありがとうと律儀《りちぎ》に言って、香月君が本を返してきた。受け取った本をバッグにしまっていると、彼が先に立ち上がった。

さっきまで眺めていた手が、目の前に伸びる。

「そろそろ行こうよ。映画が始まっちゃうよ」

「うん」

彼の手をしっかり摑《つか》む。そのとき、心の奥底がふんわりと温かくなった。誰かに手を取ってもらうのは、なぜこんなにも気持ちいいんだろう。

週末の人混みの中、わたしたちは肩を寄せ合って、映画館へと歩き出した。手を繫《つな》ぐのもいいけど、腕を組むのもいい。彼の腕にしがみつくのは、もっといいだろう。でも今は、手を繫ぐだけにしておこうと思った。

なんだか、もったいない気がした。


映画館は混んでいて、ほとんど席が空いてなかった。どうにかふたり並んで座れる場所を見つけ、ふうと息を吐きながら腰を下ろす。

「ここからだと画面が見にくいね」

前から三列目の、右端だ。スクリーンを斜《なな》めから見るような感じになる。

「本なんか確かめてないで、早く来ればよかったな」

ごめん、と香月君は謝った。彼が悪いわけじゃないのに。わたしだって、のんびりしていた。彼が本を読む姿を、そばで見ていた。

「近いと迫力があっていいかもしれないよ」

「そうだな」

「臨場感抜群だし」

とはいえ、わたしたちがこれから観るのは、地味な人間ドラマなのだけど。

「ああ、そうだ。藤村がこっちに座りなよ」

中央側の席に、彼は座っていた。わたしは一番端の、通路の横だ。すぐそばに出入り口があるせいで、人が出たり入ったりして、とにかくせわしない。いいよここでと言ったものの、香月君は立ち上がると、席を交換してくれた。

たったひとつ横にずれただけでも、だいぶスクリーンが見やすくなった。

「ありがとう、香月君」

「少しは見やすくなったかな」

「うん」

「よかった」

彼はとても優しい人だ。わたしよりも、きっと優しい人だ。

やがてブザーが鳴って、徐々に照明が暗くなっていった。すぐ隣にいる香月君の顔も見えない。息づかいも聞こえない。まるで暗闇《くらやみ》にひとりでいるみたいだった。

その暗闇の中、わたしは昨日のことを思い出していた。

「どうしてお兄ちゃんはここにいるの。お兄ちゃんは二年前に死んだはずだよ」

わたしの問いに、お兄ちゃんは頷いた。とても落ち着いていて、わたしを真《ま》っ直《す》ぐに見ている。ゆっくりその視線を動かすと、さっきまでわたしが持っていた右手を、今度は自分自身で確かめた。左手でじっくり触り、それから両手を何度も開いたり閉じたりした。

「そうなんだ」

やがてお兄ちゃんは言った。

「俺《おれ》は死んだはずなんだ」

「どういうことなの」

「わからない」

しばらくのあいだ、互いを見つめ続けた。先に視線を外《はず》したのは、わたしの方だった。いつだって同じだ。誰と目が合っても、どんなときでも、先に視線を外すのは常にわたしだった。

沈黙が続いた。

この妙な状況に、さっきまでわたしたちは呑気《のんき》に付き合っていた。おかしいと知りつつ、なんでもないように振る舞い、いつの間にかなんでもないような気になっていた。

一緒にスパゲティを作って食べたりもした。けれど、ひとたびそれを言葉にしてしまい、こんなふうに現実と向き合うと、途端にどうしていいかわからなくなってしまった。

ああ、とわたしは思った。

言わなければよかった。ただ黙って、当たり前のような顔をして、異常に付き合っていればよかった。

そうすれば、お兄ちゃんも、わたしも、呑気に笑っていられたのに。

「ゆきな、なにか飲むか」

いきなり言われたので、意味がわからなかった。

「喉《のど》が渇かないか」

「あ、渇いたかも」

「じゃあ、ちょっと待ってろ」

立ち上がると、お兄ちゃんはキッチンに向かった。お兄ちゃんが座っていたところには、窪《くぼ》みが残った。恐る恐る手を伸ばして、その窪みに触れてみた。ちゃんと温かかった。お兄ちゃんの体温を、まだ宿していた。

やがてスパイスの香りが強く漂ってきた。なにを淹《い》れているんだろうか。

「ほら、できたぞ」

カップをふたつ持って、お兄ちゃんが戻ってきた。右手にひとつ、左手にひとつ。

「なんの匂《にお》いなの」

「チャイだよ」

「ああ、チャイね」

要するに、アジア風の紅茶だ。たっぷりのスパイスと牛乳を使っている。口に含んだそれは、とても甘かった。

「甘いね。あと、すごく濃いね」

「チャイは甘くて濃いものだろう」

体の芯《しん》がぽかぽかしてくる。

「スパイスは、なにを入れたの」

「カルダモンとシナモン。冷蔵庫に生姜《しょうが》があったから、それも使った」

「このぴりぴりするのは生姜か」

一昨日《おととい》、豚肉の生姜焼きをするために買ったものだった。

「すごく温まるね」

「夜が更けると、この時期でも案外と肌寒いよな」

「うん」

「肌寒いのは幽霊がいるせいかもしれないけど」

お兄ちゃんはそう言って、くすくす笑った。わたしも無理矢理笑おうとしたものの、変な顔になってしまった。

「ごめん、ふざけすぎた」

　そんなわたしを見て、お兄ちゃんが素直に謝った。

「いいけど」

「でもさ、俺はきっと幽霊だこのな」

「そうなのかな」

「他になんだっていうんだよ。俺は確かに死んだんだぞ。間違いなく死んだ。そのときのことは、今もはっきりと覚えてる。俺の葬式だってあったんだろう。ゆきな、おまえ、俺の葬式に出たか」

　こくりと頷いてから、チャイを口に含んだ。普通の紅茶とは、まったく違う香りが広がる。こんなわけのわからない話をしてるのに、それでもおいしく感じられた。

「うん。出たよ」

「俺の死に顔を見たか」

「見た」

「じゃあ、俺はちゃんと死んでるんだ。だったら、今の俺はやっぱり幽霊だよ」

　お兄ちゃんは何気なく言ったんだろうけど、ちゃんと死んでるという言葉が、とても辛《つら》かった。ああ、そうだ。辛くても、悲しくても、お兄ちゃんの言う通りなんだ。お兄ちゃんは死んだ。近くの川で水死した。頷くのが嫌で、そうだねと言うのが嫌で、わたしは黙っていた。ゆっくりとチャイを飲んだ。冷めてしまうと、チャイはあまりおいしくない。スパイスが効いた、熱々のがおいしいのだ。

「あ、喉が――」

最後まで飲み干したら、カップの底に溜《た》まっていたスパイスが流れ込んできて、喉に張りついた。

わたしは派手に咳《せき》を繰り返した。すごく苦しい。

「大丈夫か」

お兄ちゃんがティッシュの箱を持ってきてくれた。一枚、二枚と慌てて取り出し、口に当てながら、ひたすら咳《せ》き込《こ》む。

落ち着いたときには、涙が滲《にじ》んでいた。

「なんにも考えずに飲んじゃった」

「いや、俺が悪かったよ。スパイスに気をつけるように言うべきだった」

「わかってたんだけど途中で忘れたの」

そう、途中で忘れた。お兄ちゃんがもういないんだって。目の前にいるのは、いるはずのない人なんだって。

スパゲティを作っているとき。

食べているとき。

本を読んでいるとき。

何度も忘れ、何度も思い出した。

「濾《こ》してもスパイスはけっこう残るから気をつけないと」

「うん。そうだね」

「チャイを飲むのは初めてじゃないだろう」

「何度も飲んだことがあるよ」

わたしたちは、どうして、こんなことを話しているんだろうか。もっと真剣に話すべきことがあるはずなのに。

「誰かとインド料理の店にでも行ったのか」

「うん」

「それって、やっぱり彼氏か」

お兄ちゃんは急に生き生きしながら尋ねてきた。こういう艶《つや》っぽい話が、とにかく大好きなのだ。恋の噂話《うわさばなし》は絶対に聞き逃さない。わたしに初めて彼氏ができたとき、真っ先に気づいたのはお兄ちゃんだった。そして彼氏にやたらと会いたがった。お兄ちゃんは死んだのに、ちっとも変わっていなかった。

そんなことを思ったら、深刻になるのが馬鹿らしくなってきた。

「幽霊ってさ、触れるんだね」

質問から逃げる目的も兼ね、話を元に戻す。さっきまで避けていた幽霊という言葉を、あっさり使ってみる。いざ口にしてみたら、どうってことなかった。

ああ、とお兄ちゃんは頷いた。

「触れるし、料理も作れる」

「生きてるときと、なにも変わらないね」

「足もあるぞ」

ふざけて、お兄ちゃんは両足をぶらぶらとさせた。笑っている。いかにもお兄ちゃんらしい態度だった。どんなに深刻なときでも、悲しいときでも、お兄ちゃんはこういうことをする。周りの大人たちからすると、お兄ちゃんはかなりふざけた人間に見える。真剣さが足りないとよく怒られていた。だけど、わたしはちゃんと知っている。そう、お兄ちゃんは深刻になりすぎることの無意味さをわかっているのだ。辛くて、悲しくて、どうしようもないときこそ、笑うことが必要なんだって気づいている。

いつだか、お兄ちゃんが言ってたっけ。

「たまに深刻な顔で悩んでる奴がいるだろう。ああいうとき、だいたい人はなにも考えてないんだよ。黙ってるくらいだったら、なにか話した方がいいよ。あるいは動いた方がいい。たとえ間違った場所に進むことになったとしても、立ち止まってるよりはずっとましだ。だって、歩いてさえいれば、どこかにはたどりつくだろう。想像もしなかった場所かもしれないじゃないか、そこが」

とんでもなく間違った考え方かもしれないけど、いくらかの真実を含んでいる気がする。深刻になるのがいいことだとは限らない。真面目さが必ずなにかを生むわけじゃない。呑気に笑って、なにも考えず、ただ歩く方がいいときだってあるはずだ。

「まあ、どうやら俺は、ここにいるらしい」

お兄ちゃんは、あっさりと現実を受け入れた。

「というわけで、よろしく頼む」

お兄ちゃんほど簡単ではなかったけど、わたしは頷いた。

「うん。わかった」

「しばらくは兄妹のふたり暮らしだ」

気のせいか、お兄ちゃんは嬉しそうだった。かわいい妹との楽しい生活を思い描いているのかもしれない。このお喋《しゃべ》りな人間と一緒に暮らすのかと思うと、わたしのほうは少し憂鬱《ゆううつ》になってきた。

「どうして暗い顔をしてるんだ。幽霊と暮らすのが怖いのか」

「怖くはないかも」

「じゃあ、なんだよ」

「お兄ちゃんって、うるさいんだもの」

正直に言ったところ、お兄ちゃんは少しだけ傷ついた顔をした。どうやら本人にも自覚があるらしい。

なんだか楽しくなってきた。いっそ、いじめてやろうかな。

「黙りこくってる奴《やつ》よりいいだろう。そんな男、つまらないぞ」

「うるさすぎるのも問題があると思う。お兄ちゃんは言葉が軽いよ」

「おまえがなにを言っているのか、俺にはまったく理解できないな。どうも根本的な認識の違いがあるんじゃないか」

「根本的な認識ってなによ」

「たとえば魚という言葉を聞いたとするだろう。サメを思い浮かべる人もいれば、金魚を思い浮かべる人もいる。そのふたりが魚について議論しても、嚙《か》み合《あ》わない。おまえと俺のあいだにも、そういう認識の差があるんじゃないかと言ってるんだ」

なんなのだろう。この減らず口は。まるで自説を発表する学者みたいに堂々としている。やけにしかつめらしい表情だし。臆《おく》する気配はまったくない。まともに相手をするのが嫌になってきた。

嘘《うそ》つき、と詰《なじ》っておく。

「本当は自分でもわかってるくせに。お兄ちゃんって、どうしようもない男だよね」

「そんな言い方はないだろう」

下らない兄妹喧嘩《げんか》をしつつ、その夜は更けていった。


映画はけっこうおもしろかった。香月君が選ぶ映画は、たいてい当たりだ。ちゃんと下調べをしてるし、なんといっても趣味がいいのだろう。彼が好きなのは、音ばっかり大きいアメリカ映画ではなく、穏やかで静かなヨーロッパやアジアの映画だった。観終わったあと、わたしたちはいつも、なんだか寂しくなって、だけど幸せにもなって、映画館を出るのだった。

今回もやはりそうだった。

「あの男の人、どうなっちゃうのかな」

「彼は普通に暮らしていくよ。仕事をして、ご飯を食べて、誰かと話して、いつか恋をして、そうして生きていくよ」

「恋、するかな」

「きっとね。だけど奥さんのことも忘れないと思う」

わたしたちが観たのは、ヴィム・ヴェンダースの『パリ、テキサス』という映画だった。八〇年代に作られた古い作品だ。冴えない中年のおじさんが、突然消えてしまった奥さんを探す。奥さんは見つかり、夫婦はある不思議な形で対面する。ただし、それが幸せなことなのか、悲しいことなのか、わからない形での対面だった。

「忘れる方がいいのかな。それとも覚えてる方がいいのかな」

「藤村はどう思うんだ」

少し考えてから、わたしは口を開いた。

「忘れちゃう方が幸せなんだと思う。だけど忘れて欲しくないかも」

誰のことを言ってるのか。途中でわからなくなった。香月君はそんなわたしの思いに気づくことなく——まあ当たり前だ——ただ穏やかに頷いた。

「僕は覚えてる方がいいと思うよ」

「それって辛くないかしら」

「辛いだろうね。でも、そういう辛さを抱えている方が、人間らしいよ」

「ああ、わかる気がする」

わたしは繰り返した。

「そうなのかもしれない」

わたしと香月君はきっと似ている。同じ考え方をする。

それからふたりで近くのお店に入って、イタリアンを食べた。周りはカップルばかりで、自分たちもその一組なんだと思うと、なんだか気恥ずかしかった。大皿で運ばれてきたパスタはちょっと茹《ゆ》ですぎだった。お兄ちゃんなら、きっと文句を言うだろう。俺が作った方がうまいねと嘯《うそぶ》くはずだ。けれど香月君はパスタを口に運ぶと、おいしいねと言った。まあ確かに悪くはない。忙しいから雑になってるだけで、プロの料理人が作ったものだった。

「藤村、皿をこちらに寄せて」

大きなスプーンとフォークで、香月君が料理を取り分けてくれた。

「こっちもいけるよ」

「ありがとう」

ペンネもやっぱり茹ですぎだったけど、チーズの濃厚さはなかなかのものだった。何種類かを混ぜているようだ。

「家で作ると、こんなにたくさんの種類のチーズを使えないね」

「ふむ」

もぐもぐと口を動かしつつ、香月君は頷いた。そして、ナプキンで唇を拭《ふ》いてから、言葉を発した。

「確かにね。これだけのチーズは準備できないな」

彼の品のよさには、いつも感心してしまう。意識してできることではないだろう。生まれたときから、彼はこんなふうに育てられてきたのだ。見習おうと、いつものように思いつつ、わたしは丁寧にパスタを口に運んだ。

会計は割り勘ですませたけど、端数は香月君が払ってくれた。

外に出ると、深い夜が世界を覆《おお》っていた。ビルの上で輝くネオン看板が、とても鮮やかだ。空気のどこかに夏の匂いを感じた。そのせいか心が少しそわそわする。進む先に駅ビルが見えた。あそこまで行ったら、香月君ともお別れだ。わたしと彼は違う路線に住んでいるのだった。急に寂しくなって、彼の腕にしがみつくことができた。とても自然な感じだった。彼といることも。腕を組んでいることも。

「映画、おもしろかったね」

「またおもしろいのを探しておくよ」

「楽しみにしてるね」

そうして、わたしたちのデートは終わった。わたしがホームに下りるまで、彼はずっと改札の前に立っていてくれた。

休日の電車は混んでいたけど、目の前の人が二駅目で降りてくれたおかげで、途中から座ることができた。たくさんの人に囲まれていると、それだけで疲れてしまう。お兄ちゃんとは違うのだ。わたしはひとりでいるのが好きな人間だった。電車に揺られながら本を開いた。太宰治の『待つ』の続きを読んだ。ひどく短い話だったので、すぐに読み終わってしまった。いくらか戻って、ある文章を目で追う。

いったい私は、毎日ここに坐《すわ》って、誰を待っているのでしょう。どんな人を？　いいえ、私の待っているものは、人間でないかも知れない。

こんなの偶然だ。意味なんてない。ただ重なっただけ。頭の中で繰り返してみたけど、目を離すことができなかった。何度も何度も読んでしまっていた。やがて電車が停《と》まり、たくさんの人が出口へ向かった。窓越しに表示を確認すると、そこはわたしが降りる駅だった。慌てて立ち上がり、列の最後に追いつくような感じでホームに立つ。途端、ひやりとした空気が喉に流れ込んできて、少しだけ気持ちが落ち着いた。

ぶらぶらと、足を投げ出すようにして、家に向かった。

都心から電車で数十分の、わたしの住む町は、中途半端な都会だった。駅前にデパートや家電量販店がいくつかあって、人口は多いけど、田舎《いなか》の風情を残している。駅から十五分も歩けば静かな住宅地だし、見上げた空はとても広い。やがて短い橋に差しかかった。その下を小さな川が流れている。街灯の光を受けて、流れの速い瀬がきらきらと輝いていた。普段は侮っているような小さい川だけど、大雨が降ると増水する。遊歩道が水に浸《つ》かるほどで、そんなときの流れはとても速い。

「水を侮っちゃいけないぞ」

それは父の言葉だった。

「忘れるとひどい目にあう」

ずいぶん長いあいだ、わたしは川を見ていた。今、川は穏やかだ。

いつだか、ここでお兄ちゃんの背中を見かけたことがある。わたしもお兄ちゃんも小学生で、まだまだ子供だった。お兄ちゃんは、長い柄《え》のついた網を持って、川沿いの道を走っていた。他にも何人か男の子がいたけど、お兄ちゃんの足取りは誰よりも軽く、集団の先頭を駆けていた。お兄ちゃんには誰も追いつけないんだなと思った。わたしがどれほど必死になったって、お兄ちゃんはずっと先を走っている。距離はどんどん開いていくばかりだ。

いつかお兄ちゃんは遠くへ行くだろう――。

幼いわたしは悟《さと》った。中途半端な田舎に収まるような人間ではないと自然に感じた。東京へ、海外のもっと大きな町へ、あるいは誰にも想像ができないような場所へ、お兄ちゃんは行ってしまうに違いない。

そして、その通りになった。お兄ちゃんはこの世からも去ってしまった。

いったい私は、毎日ここに坐って、誰を待っているのでしょう。どんな人を？　いいえ、私の待っているものは、人間でないかも知れない。

夜風が頰《ほお》をなぶっていく。わたしは両手で顔を覆い、ごしごしと擦《こす》った。顔を上げると、初夏のうすぼけた空に、星がたくさん輝いていた。早いもので、夏の星座がもう昇りかかっている。こと座、わし座、はくちょう座。夏の大三角がどうにか確かめられた。その輝きは、とても美しかった。星々は、人の気持ちなんて気にしない。同じように、ただ輝いている。もし星の輝きが違って見えるとしたら、それは星ではなく、まなざしが、心が、変わったのだ。おお、こわい。ああ、困る。読んだばかりの太宰の言葉が蘇《よみがえ》ってきた。

本当に美しくて、本当に醜いのは、人だ。その心だ。

「お兄ちゃん、なにしてるの」

いろんな思いを抱えながら家に帰ると、お兄ちゃんがキッチンで腕組みしていた。その前にはまな板があって、大きな丸鶏が乗っている。

「悩んでるんだ」

お兄ちゃんは腕組みしたまま言った。

「悩んでるって、なにを」

「これをどうするか」

「丸鶏なんか買ったんだ。すごいね」

「半額シールがついてたから、つい買っちゃったんだよ」

お腹が減っていたらまた違ったんだろうけど、今のわたしは香月君と食事をしてきたせいで満腹だった。丸鶏を見ても、まったく気持ちが動かない。

「それ、うちなんかで料理できるの」

「ちゃんとオーブンがあるし、どうにかなるだろう」

「じゃあ焼くんだね」

「煮るか、焼くか、そのどちらかだな。おまえの好きな方を作ってやるよ。どちらを食べたいか言ってみろ」

ううん、と唸《うな》ってしまう。

「この前、参鶏湯《サムゲタン》を食べたの。だから別の料理がいいかも」

「だったら、やっぱり焼くしかないな。ローストチキンに決定だ」

お兄ちゃんは派手に腕捲《うでまく》りすると、すぐに冷蔵庫を開けた。なんだか勢いをつけているような感じだった。お腹いっぱいのわたしは、早々と退散し、自分の部屋で着替えを済ませてから、リビングのソファに収まった。そして本を開いて、『待つ』をふたたび読む。「省線の——」という言葉で、その短編は始まる。省線というのは、今のＪＲのことらしい。話の筋は簡単で、ひとりの女が駅で待つだけの話だった。ただ、彼女は自分が誰を待っているのか、わかっていない。自分の中に邪《よこしま》な気持ちがあるのではないかと怖れつつ、その怖れさえも期待の一部にして、ひたすら待っている。

わたしも、同じだったんだろうか。

邪な気持ちがあるのではないかと怖れつつ、なのに期待しつつ、待っていたのかもしれない。だとしたら、それは誰なんだろう。恋人の香月君なのか、それとも――。頭がいくらか混乱し始めたところで、声が響いた。

「なあ、今日は誰と会ってたんだよ」

キッチンとリビングの境に立ったお兄ちゃんが尋ねてきた。

「友達」

わたしは嘘をついた。なぜだか、自然とそう言っていた。

「相手は男か」

「そうだけど」

なるほど、とお兄ちゃんは呟《つぶや》いた。

「ゆきなは男と友達付き合いができる女だったか」

「なによ、それ」

「いや、よく議論になるだろう。異性と友達付き合いができるかどうかって。ゆきなは異性の友達もありってタイプだったんだな」

「お兄ちゃんだって、そうでしょう」

「俺の場合は、だいたい恋人になったあとだけどな」

ああ、そうだった。確かにお兄ちゃんには女友達が多いけど、たいてい一度は付き合っている。付き合って、別れて、それでもなぜだか、いつの間にか友達に戻っているのだった。彼氏と友達に戻るなんて無理だと断言するタイプの子でさえも、お兄ちゃんとはそうなってしまう。きっと面倒臭いからだな、と勝手にわたしは結論づけた。別れても平気で連絡してくるし、屈託がないから、いちいち拒絶するのが面倒になってしまうんだろう。

「そうか。彼氏じゃなかったか」

お兄ちゃんはひどく残念そうだった。

「なによ、その言い方は」

「深い意味はないよ」

実にわかりやすい嘘をついて、お兄ちゃんはキッチンに戻っていった。やがて、なにかを炒《いた》める匂いが漂ってきた。野菜と、たぶんご飯だな。中華風の炒飯《チャーハン》じゃなくて、コンソメの匂いがする。気になってキッチンに行ってみたら、お兄ちゃんは丸鶏にご飯を詰めていた。

「なにしてるの」

「見ての通り。腹にご飯を詰めてるんだ。本当は生の米を詰めるんだけど、それだと失敗する可能性が高いから、炒めたご飯にしてみた。洋風炒飯だな」

「洋風炒飯なんてあるの」

「中華ダシじゃなくて、コンソメで炒めるんだよ。細切りにしたタマネギとニンジンとニンニクを入れてある」

「ふうん」

お兄ちゃんは、丸鶏にご飯を詰めていった。ご飯をスプーンですくって、そのままお腹に運ぶ。ただ、どうも量が多かったらしい。ぎゅうぎゅうと、スプーンの背で強引に押し込んでいた。ちょっと心配になってきた。

「それ、火は通るの」

「大丈夫だろう。ご飯は炒めてあるし」

「肉のほうはどうかしら」

「十五分くらい余計に焼くさ」

たっぷりのご飯を無理矢理詰め込むと、お兄ちゃんは爪楊枝《つまようじ》で開いたお腹を閉じた。

それから凧糸《たこいと》がないかと聞いてきた。

「ないよ。凧糸なんて」

「じゃあ、他の糸はどうだ」

「麻紐《あさひも》ならあるけど」

以前、アクセサリーを作ったときの残りだった。燃えるんじゃないかと指摘してみたものの、お兄ちゃんがそれで大丈夫だと言ったので、わたしは自分の部屋に向かった。棚に置いてあった緑色の缶を開けると、アクセサリーがいくつか出てきた。作ったばかりのころは気に入ったし、何度も身につけたけど、いつの間にか、しまったままになっていた。なんだか申し訳ないような気持ちになり、わたしはそれらと一緒に麻紐を取り出し、キッチンに戻った。

「はい。どうぞ」

お兄ちゃんに麻紐を渡す。

「ありがとう。なんだ、それ」

「前に作ったアクセサリー」

「ちょっと貸せよ」

いつものように、有無を言わせず取り上げると、お兄ちゃんは麻紐のアクセサリーを首にぶら下げた。

「どうだ。似合うだろう」

自分勝手なことを言って、お兄ちゃんは料理を再開した。通した爪楊枝に、細い麻紐を器用にかけていく。右にかけ、左にかけ、交差させつつ、最後に足を縛った。それから、両方の手羽は、逆さに捻《ひね》るような感じで整える。まだ焼けていないけど、料理雑誌なんかで見るローストチキンの形にちゃんとなっていた。

「下準備はこれで終わり」

お兄ちゃんは誇らしげに言った。

「あとは焼くだけだ」

「どれくらいかかるの」

「ざっと一時間ってところかな」

「そんなにかかるんだ」

「なにしろ丸鶏だからな」

二百五十度に予熱したオーブンに丸鶏を入れると、お兄ちゃんはスタートボタンを押した。液晶部分に、七十五分と表示されていた。一時間と、余計に焼くための十五分ということか。赤い光に照らされ、丸鶏がゆっくりとまわっている。その姿は、とても愛らしい。

「二十分たったら、オリーブオイルを塗るんだ。二十分ごとに繰り返す」

そう言うお兄ちゃんは得意気だった。

「皮がパリパリに焼けるようにな。あとアルミホイルでカバーをする」

「え、どうして」

「突き出たところが焼きすぎになっちゃうんだよ」

ふうん、と素直に感心してしまった。

「そういうのって、どこで覚えたの」

「高校の夏休みに、レストランでアルバイトをしてただろう。シェフと仲良くなって、いろいろ教えてもらったんだ。ウェイターが厨房《ちゅうぼう》に入ると怒られるんだけど、気のいい人もいてさ。あれで料理にはまっちゃったんだよな」

「思い出した」

「なにを」

「お兄ちゃん、誰かとの初デートのとき、お弁当を作っていったよね。すごくきれいに盛りつけてさ。料理を覚えたのは、食べ物で女の子を口説くためなんでしょう」

ばれたか。お兄ちゃんは笑った。ばればれだよ。わたしも笑った。

やがて二十分がたち、丸鶏にオリーブオイルを塗ることになった。お兄ちゃんはわたしに塗ってみろと言った。どうしていいかわからなかったけど、とにかくまんべんなく塗ればいいんだと言われ、刷毛《はけ》でオリーブオイルを伸ばした。そのあいだも火は消してないので、オリーブオイルが炙《あぶ》られて、とてもいい匂いがしはじめた。

「お腹が減ってきちゃった」

香月君との食事から数時間しかたってないけど、これだけのご馳走《ちそう》を見せられ、我慢しろという方が酷だ。焼き上がるまでの七十五分はけっこう長かった。ただ待っただけの甲斐《かい》はあった。お兄ちゃんが取り分けてくれた腿肉《ももにく》はとてもおいしくて、わたしはもりもり食べてしまった。

「このソース、おいしいね」

「グレイビーソースっていうんだ。焼いたときに落ちた肉汁に赤ワインを足して、塩と胡椒《こしょう》で味を調《とと》えただけだよ。アメリカの小説を読んでると、このグレイビーソースってのがよく出てくるんだ。俺たち日本人は、こんなふうに大きな肉を焼いたりすることは滅多にないだろう。だから、どんなソースなのかわからなかったんだけど、こうしてさ、実際に作ってみると、うまいもんだな」

「うん。おいしいね」

　あの愛らしかった丸鶏はばらばらになり、わたしたちの胃に収まろうとしている。残酷なことかもしれないけど、確かなことでもあった。

「ところでさ」

　腿肉にかぶりつきながら、お兄ちゃんが言った。

「会ってたのは本当に友達なのか」

「お兄ちゃんには関係ないでしょう」

「あ、ごまかした。怪しい」

「いちいち聞く方がおかしいよ」

「だって気になるだろう」

太宰の小品のことを、ふと思い出した。わたしがずっと待っていたのは、はたして人なのだろうか。人ではないものなのだろうか。よくわからないまま、わたしも肉片を口に運んだ。

「丸ごと焼くと、どうしてこんなにおいしいのかしら」

「うまいよな。ただ焼いただけなのにさ」

「味が濃いよね」

まあ、今は考えるのをよそう。こんなに豪華な料理が目の前にあるんだから、他のことを考える必要なんてない。ご馳走を、たっぷりと味わおうではないか。

「ねえ、手羽も取って」

「まだ食べるのかよ」

「だって、おいしいんだもん」

わたしたちは、手を脂でべたべたにしながら、丸ごとの鶏を食べた。夜遅く、十二時に近くなったころ、香月君から携帯電話にメールが届いた。

今日はとても楽しかったです。ちょっと元気がなかったみたいだけど、大丈夫ですか。僕に話して済むことだったら、いくらでも話して下さい。

彼はいつも丁寧な言葉でメールを送ってくる。その律儀すぎる文章を読みながら、不思議と心が熱くなるのを感じた。そして同時に、少しだけ寂しくなった。わたしは彼の気持ちに応《こた》えられているんだろうか。

ありがとう。話していいかどうかわからないことがあるんだけど、話せるようになったら話します。お休みなさい。香月君と付き合えてるわたしは幸せだと思います。

迷いに迷ってから、最後の一文を付け足し、送信した。電気を消し、布団に潜《もぐ》り込《こ》む。家の中はしんとしていた。お兄ちゃんも眠ってしまったのかもしれない。幽霊は眠るんだろうか。それはいったい、どういう眠りなのか。夢は見るのかな。朝起きたとき、機嫌が良かったり悪かったりするのかしら。

下らないことを考えているうち、わたし自身が眠りに落ちていた。

第三話

蒲団

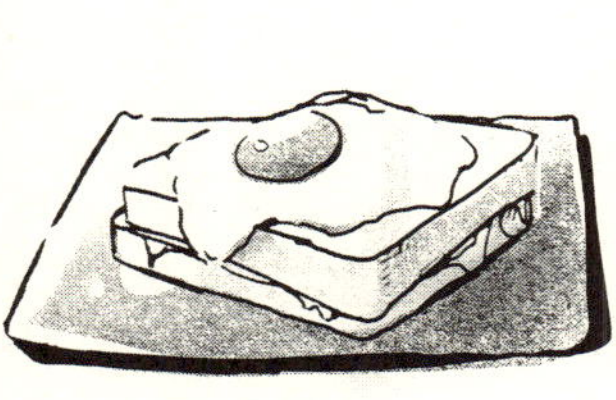

大学の講堂で田山花袋《たやまかたい》の『蒲団《ふとん》』を読んでいたところ、紺野《こんの》君から声をかけられた。彼とは同じゼミで、特に親しいわけじゃないけど、顔を合わせれば挨拶《あいさつ》くらいはするという仲だった。

「なにしてるんだよ、藤村」

講堂に他の人がいないせいか、彼の声はやけに大きく響いた。最近の流行通り、きっちりジーンズを低めに穿《は》いた紺野君は、いつもの気軽な調子のまま近づいてきた。ワックスで整えた髪が格好《かっこう》いい。顔だって、なかなかのものだ。入学したばかりのころから、彼は目立っていた。周りに女の子たちが常にいて、誰《だれ》とも仲良くしている。

「待ち合わせがあるから、それまで本を読んでるの」

「へえ、読書か」

にこにこ笑いながら、彼は隣に腰掛けた。講堂は席も机も一続きになっているので、すぐそばに座られたことになる。その距離感というか、近さに、少し戸惑った。香月君なら、こういう座り方はしないだろう。いくらか遠慮し、あと十センチは離れた辺りに座るはずだ。

「藤村って勉強家だよな」

「本を読んでるから勉強家という考え方は違うと思うけど」

「え、どういうことだよ」

「読書と勉強は一緒じゃないよ。本を読んでも、頭が良くなるわけじゃないし」

彼の気軽な態度のせいか、こちらもつい気軽な口調になってしまう。なんだろう、この感じは。話していても、まったく緊張しないのはなぜなのか。

どちらかというと、わたしは引っ込み思案だ。

初めて話す人には抑えた声を出してしまうし、愛想笑いなんかもしてしまう。そして、あとになってから、ひどく疲れていることに気づく。意味のない笑みをたくさん浮かべた自分が嫌になったりすることもある。

紺野君はなるほどねと頷《うなず》いたあと、また喋《しゃべ》りだした。

「俺《おれ》なんて本はまったく読まないだろう。活字を見ただけでくらくらするし。だから藤村みたいに本を読んでる人間は、ただそれだけで尊敬しちゃうんだよ。自分にできないことをやってる奴《やつ》はすごく見える」

そんなことを言いつつ、紺野君は髪をいじったり、携帯電話を開いたり閉じたりしている。とにかく落ち着きがない。なのに喋る言葉はいい加減じゃなくて、ちゃんと心がこもっているように思えた。いったい、なぜなのか。古い本を捲《めく》りつつ、わたしは考えた。答えはすぐにわかった。紺野君は本音を言っているのだ。無理にわたしを褒《ほ》めようとか、おだてようとか、まったく考えていない。思ったことを、ただそのまま口にしただけ。それなら確かに心がこもっているだろう。なにしろ本音なわけだから。わたしの無理な愛想笑いとは違うのだ。

「わたしにとっては、紺野君のほうがすごいけどな」

「俺にすごいところなんてあったっけ」

「たとえば、ほら、女の子にモテるところとか」

「そういうのは主観的なものだから難しいな。まあ、いくらかモテることは認める。ただ世の中には、もっと派手にモテる奴がごろごろいるんだよな。その辺と比べると、俺なんてヒヨッコですよ」

最後はなんだか自嘲《じちょう》気味。その、拗《す》ねた様子がかわいくて、つい笑ってしまった。

こうして話していると、彼の周りにいつも人がいる理由がよくわかった。虚勢を張らないし、弱いところを見せるし、相手を不快にさせない。努力して身につけたものではなく、きっと天性のものだ。彼の軽やかさや明るさは、そういうものを持たないわたしにとって、なんだかまぶしかった。魅力的なのかな。うん、まあ、そうかも。

ただ、彼と付き合う自分を思い浮かべると、途端に複雑な気持ちになる。理由はわからないけど……。

そんなことを考えていたところ、

「なにを読んでるんだよ」

紺野君が尋ねてきた。

指を挟んだまま本を閉じ、表紙が見えるようにした。その表紙の角度に合わせて、紺野君が顔を傾ける。近くで眺めると、彼は確かにきれいな顔をしていた。化粧をすれば、なかなかの美人になるだろう。またもや複雑な気持ちが胸に湧《わ》き上《あ》がってきた。なんだろう、これは。不快？　そうじゃないな。親しみ？　ううん、違う。

答えを見つけないうちに、紺野君が先に口を開いた。

「たやまはなふくろっていうのか」

眉間《みけん》に皺《しわ》を寄せ、真剣に言っている。冗談とか、茶化してるとか、そういうわけではなさそうだ。真面目に、そのまま、作家名を読んだのだ。

「たやまかたい、だよ」

「なんでだよ。これで、かたいって読むなんて、おかしくないか」

「おかしくないよ」

「花が〝か〟はわかるけど、袋が〝たい〟ってのはわからないな」

「ちゃんと読めるよ」

説明するのが面倒臭くなってきたわたしは、本を机に置くと、わざとらしくため息をついてみせた。

「紺野君って、こういう字の読み方も知らないんでしょう。なのに、どうしてわたしと紺野君は同じ大学の、しかも同じ学部に通ってるのかしら。試験を受けて入ってきたわけだから、似たような学力だったってことでしょう」

わたしは本気で憂鬱《ゆううつ》になっていたのだけど、紺野君はあっけらかんと笑った。

「俺さ、わりと要領いいんだよね。実はこの大学、予備校の模試では、ずっとD判定を食らってたんだ。受けるのも無謀で、受験料の無駄だって言われてたんだけど、試しに受けてみたら、合格しちゃってさ。学校の先生も、予備校の講師も、びっくり。あれ、どうしたんだよ。藤村、おい、なんで頭を抱えてるんだ」

「わたしは滑り止めだったの」

呻《うめ》くように言って、わたしは机に顔を伏せた。第一志望と第二志望をともに落ちて、どうにか引っかかったのが、この学校だった。模試では常にA判定を貰《もら》っていた。

D判定の紺野君。

A判定のわたし。

今は見事に級友で、こうして講堂で肩を並べている。試験の結果だから仕方ないとはいえ、どうにも釈然としない。

「D判定の紺野君と同じだなんて、自分がかわいそうになってきた」

「ああ、なるほど」

「けっこう勉強したのに。結局は紺野君と一緒なのね」

「まあな」

「ひどい」

「ちょっと待て。考えてみたら、その言い方だと、俺のほうがかわいそうだろう」

「ああ、確かに」

「藤村のほうがよっぽどひどいよ」

「いや、でも、納得できないんだもの」

　上半身を伏せたまま横を向くと、天井まで達する大きな窓が目に入ってきた。窓枠の影は長く伸びて、わたしの足もとにまで届いている。ぼんやり見ているうちに、影はわたしの靴先にかかり、じわじわと這《は》い上《あ》がってきた。今日はお気に入りの革靴を履いている。少し変わったデザインで、甲を横切るような感じで革が縫い合わされていた。トリッペンというドイツ製の靴だ。買ってから三年ほどたつ靴は、だいぶ色が変わり、形も少し崩れていた。ただ、真新しいときよりも、今のくたびれた姿のほうがわたしは好きだった。たくさん歩いて、いろんなものを踏んだり、逆に踏みつけられたりして、この靴はわたしの足に馴染《なじ》んだのだから。わたしもそうして、いろんなことに馴染むのだろう。色褪《いろあ》せし、歪《ゆが》み、少しずつ変わっていくのだろう。いくらか悲しい気もしたけど、悪いことではないはずだ。わたしたちは変化を受け入れていくべきだ。言葉の意味を、まだはっきりとは摑《つか》めぬまま、わたしは思った。

「あのですね、藤村さん」

足首まで影に飲み込まれたころ、やけにかしこまった調子で紺野君が言った。

声の変化に戸惑い、彼に顔を向ける。藤村さん？

「なによ」

「前々から思ってたんですけど、藤村さんって俺にきつくないですか」

「そうかな」

「ええ、はい。俺、なんかしましたか。知らないうちに藤村さんを傷つけたとか。だったら、全力で反省しますけど」

「そんなことはないよ」

「じゃあ、どうして俺にだけ、きついんでしょうか」

相変わらず、紺野君はしかつめらしい表情を作っている。わざとらしく。しばらく考えているうちに理由がわかった。ああ、と声を出してしまう。ああ、そうか。ああ、なるほど。うん、わかった。

「どうしたんですか、藤村さん」

「まずはその敬語をやめましょう」

「話しにくいですか」

「かなり」

頷くと、紺野君はいきなり姿勢を崩し、疲れたと口にした。

「やっぱり、このほうが楽だな。俺さ、女の子相手に気取るとかできないんだよね。態度とか言葉遣いとか、ずっと作るなんて無理だよ」

座席から落ちそうなほど体を伸ばした紺野君は、ひどくだらしないのに、ちゃんと格好よかった。

あのね、とわたしは言った。

「身内に紺野君みたいな人がいるのよ」

「俺みたいな人？」

「わたしのお兄ちゃん。紺野君になんとなく、似てると思う。話上手で、女の子にモテて、初対面の人でもまったく臆《おく》さないの。それでわたし、紺野君にはきつく当たっちゃうのかも」

「なにそれ。お兄さんのことが嫌いなわけ」

「遠慮がないのよ、兄妹だから。その感覚で、紺野君にも接しちゃうんだと思う」

喋っているうち、自分の感覚が整理できた。そう、紺野君とお兄ちゃんは似ている。一時期、わたしは紺野君がちょっと嫌いだった。女の子と仲良くしてる姿や、男友達とはしゃいでいるところを見ると、つい目を逸《そ》らしてしまうことさえあった。深く考えたことはなかったけど、お兄ちゃんを思い出していたのだろう。そのざらざらした感覚から逃げていたわけだ。わかってみると、ひどく単純なことだった。

人間なんて、そんなものだ。

複雑に思えることでも、どんどん掘り返していくと、すごく単純なことに行き当たる。そして、その単純なことが、すべてを支配していたりする。

「藤村、なんでため息ついてるわけ」

「自分の愚かさに」

よくわからないんですけど、と紺野君はまた丁寧《ていねい》な言葉を使った。ただ、それ以上は尋ねてこず、参ったなという感じで笑っている。さっきとはまた違う感覚で、ああこの人は確かにモテるだろうなと思った。入り込んで欲しくないところ、触れて欲しくないところ、そういうのをちゃんと理解できるのだ。手前でとまってくれる。彼と付き合ったら、きっと楽だろうなと思った。呑気《のんき》に笑っていられそうだ。

講義が終わったのか、講堂脇の通路をたくさんの人が歩いていく。誰もが騒がしく話しているものだから、声が混ざってしまい、彼らの言葉はちゃんと聞き取れない。とても楽しそうで、明るい調子だけが伝わってくる。わたしは顔を上げ、講堂の高い天井を、広い空間を眺めた。手を伸ばし、そこに響いている彼らの声を摑まえたかった。ひとりなら試みていたかもしれないけど、隣に紺野君がいるのでやめておいた。たとえ手を伸ばしても、声なんて摑まえられるわけがないのだ。

「ようやく謎《なぞ》が解けたよ。藤村って不思議だったんだ。どこかで俺を近く感じてくれてるのかなって思うこともあったけど、すごく突き放されてる気がすることもあってさ。そのギャップがよくわからなかった。だけど、今の話を聞いて、飲み込めた。たとえば、俺が藤村に交際を申し込んだとして、受けてくれるか」

「ええ、マキちゃんはどうするのよ」

マキちゃんというのは、紺野君の彼女だ。足がきれいで、自分でもそれをわかっているのか、いつもミニスカートを穿いている。

いかにも紺野君が好きそうな派手系の美人だった。

「あくまでも仮定の話だって」

「ああ、仮定の話ね」

本を手に取り、二、三ページ捲ってから、わたしは彼の提案を頭の中でぐるりと一周させてみた。思い浮かんだのは紺野君じゃなくて、お兄ちゃんだった。わりと二枚目で、いつもちゃらちゃらしてて、口達者で、わたし以外の女の子には無条件で優しいお兄ちゃんだった。

「駄目。無理。考えるのも嫌」

「よし、俺の感覚は合ってる。俺がどれだけ熱心に口説いても、藤村は絶対になびいてくれないわけだ。じゃあ藤村を女として見るのはやめることにするよ。これからは友達として付き合っていこうじゃないか」

どう応じていいかわからず困っていると、紺野君の携帯電話が鳴り出した。電話の相手はマキちゃんらしく、途端に彼は甘い声になった。ああ、今から行くよ。今はキャンパスの口だよ。おまえのすぐそばだって。本当に。五分、いや三分で行くから。当たり前だろう。おまえを待ってたんだって。

マキちゃんのはしゃぐ声が微《かす》かに聞こえてきた。彼氏が自分を待ってくれていたと知ったら、女の子はもちろん喜ぶだろう。

「そうだ。ひとつ聞きたいんだけど」

講堂の出口へと向かった紺野君が、途中で立ち止まった。

「藤村のお兄さんと俺は、似てるんだろう」

「かなりね」

「どっちのほうがモテるんだ。俺か、それともお兄さんか」

「お兄ちゃん」

即答した。確かに紺野君は格好いいけど、お兄ちゃんとは格が違う。お兄ちゃんは、もっとお洒落《しやれ》だし、もっとマメだし、もっと喋るし、もっと優しい。紺野君が対抗できるのは顔くらいだ。

「そうか。俺の負けか。いつか藤村のお兄さんに弟子入りしよう」

下らないことを言いつつ、紺野君は去っていった。講堂に残されたのは、わたしひとりだけだ。

ぼんやりしながら、わたしは面倒なことを思い出していた。

面倒のもとは、もちろん、お兄ちゃんだった。

昨日の夜、お兄ちゃんはずいぶんと遅く帰ってきた。お気に入りの花柄のシャツを着て、細身のジーンズを穿いたお兄ちゃんは機嫌がよかった。首に光るプラチナのネックレスを見て、わたしは確信した。

これはデートだな。

顔のにやけ具合からすると、かなり楽しい時間を過ごしたこともわかった。わたしはソファに座りながら、キッチンに向かうお兄ちゃんを眺めた。その背中まで浮かれている。水の入ったグラスを持って、お兄ちゃんはリビングに戻ってきた。

幽霊になったお兄ちゃんが現れてから、二週間ほどが過ぎている。気持ちのいい初夏の天気がたまに崩れ、雨が続くことが増え始めた。走り梅雨《はしりづゆ》だ。お兄ちゃんが消え去る気配はいっこうになかった。テレビを観て笑ったり、本を読んだり、ＣＤを聴いたり、いそいそとデートに出かけたり、楽しそうに日々を過ごしている。

「疲れたけど、楽しかったな」

床に腰を下ろすと、お兄ちゃんは水を半分くらい飲んだ。あぐらをかいている。

「デートだったの」

「なんでわかるんだよ」

「浮かれてるから」

「そんなことないって」

なんて言う声はしっかり浮かれているけどな。

「相手は誰なの」

「鴫子《しぎこ》さん」

あっさり打ち明けてしまうのが、いかにもお兄ちゃんらしい。前に聞いた女の子の名前と違うではないか。呆《あき》れたものの、お兄ちゃんにはよくあることなので、いちいち指摘するのはやめておいた。そうか。幽霊でも恋人ができるんだ。生身の人間かな。それとも同じように幽霊なのかな。

「鴫子さん……そうか、さんづけなのね」

「彼女のほうが年上だから」

「いくつなの」

「二十七歳だってさ。だけど、もっと若く見えるよ。肌がきれいなんだよな。俺より少し上って感じ。ただし中身はちゃんと二十七だよ。すごく大人っぽくて、俺なんて手のひらで転がされてる」

「珍しいね、そこまで年上は」

「二十七は初めてだな」

二十六はいたけど、と余計なことをお兄ちゃんは口にした。ああ、二十八もいたかな。さらに余計だ。それから、ごろりと床に寝転び、お兄ちゃんは黙っていた。どうやら本当に疲れているらしい。

お兄ちゃんはそのままにしておいて、わたしは『蒲団』を読み続けた。田山花袋はとにかく愚痴っぽかった。想像していた作風とはずいぶん違う。花の袋なんて名前だから華やかな作家なんだろうと思っていたのに、まったく逆で、ひたすらもどかしく、同じところを行ったり来たりしていた。本人は堅苦しい人だったのだろう。いろんなコンプレックスを、たっぷり抱えていたのかもしれない。お兄ちゃんとは逆のタイプだ。と、そこまで考えてから、わたしの男性の評価基準がお兄ちゃんになっていることに気づき、どうにも複雑な気持ちになった。まあ、仕方ないか。小さいころから、ずっと一緒に育った兄妹だし。理屈ではそんなふうに思うものの、やっぱり複雑だ。

物語を読み進めているうちに、わたしは不快になってきた。田山花袋の『蒲団』は、ある文学者が、若い女を弟子にする話だった。文学者は美しい弟子に心を奪われていく。

その前段で、妻の欠点を、日常と化した結婚生活のつまらなさを、しつこく書き連ねているのだ。妻以外の女に恋慕するのは、よくある話かもしれない。人の心なんて、男だろうが女だろうが移り気だ。けれど、妻がいかにつまらない女であるかをひたすら語れると、同じ女としては気持ちよくなかった。

「お兄ちゃん」

気がつくと、勝手に声が出ていた。

「なんだよ」

「どんなに好きな人でも、長く付き合ってると飽きてくるものかな」

「また急に面倒なことを尋ねるんだな」

「これを今、読んでるの」

わたしは手にした古い本を見せた。文庫ではなく、文学全集の一巻だ。田山花袋集と、作家名が背表紙に大きく記されている。

「最初の話。『蒲団』という話」

「ああ、あれか。いい年したおっさんが若い女に振りまわされる奴な」

わたしは唇を尖《とが》らせ、奥さんをこんなふうに書くのはおかしいと、お兄ちゃんに訴えた。ひどいよね。だいたい奥さんとのあいだに三人も子供を作ってるんだよ。なのに悪《あ》しざまに書くなんて信じられないよ。

お兄ちゃんは、うんうんと頷いた。

「確かにひどいな。女として納得できないのはわかる。浮気するのはいいけど、本命は大切にしておくべきだ。田山花袋はその辺がなってない」

「ちょっと待って」

「なんだよ」

「浮気するのはいいけどってどういうこと」

お兄ちゃんは苦笑した。

「ゆきな、おまえは何年、俺の妹をやっているんだ」

「ざっと二十年ほどですが」

「じゃあ、そろそろ悟《さと》って欲しいもんだ」

あまりにもあっけらかんと言うものだから、反論する気さえ失せた。どうしてこんな男がモテるんだろう。それとも、こんな男だからモテるのか。だとしたら女のほうにも問題があるのではないか。

頭を抱えていたところ、お兄ちゃんは上半身を起こした。うんうんと唸《うな》りながら腕と背中を伸ばし、腹減ったかと尋ねてくる。

「え、どうして」

「なにか作ろうと思ってさ。もしおまえも食べたいんなら、ついでに作ってやるよ」

「おまえは食べるかって聞くと、必ず食べるって答えるよな」

「そんなことないよ」

「いや、作ってる俺の実感だから、間違いないね」

厭味《いやみ》っぽく言いながら、お兄ちゃんはキッチンに向かった。またも反論できなかった。まあ、確かに、食べるかと尋ねられると、常に食べると答えている気がする。キッチンでなにか作っているお兄ちゃんの気配を感じながら、わたしはゆっくり物語を読み進めた。意外なことに、文学者と女弟子の関係は前に進まなかった。文学者が躊躇《ちゅうちょ》しているうちに、女弟子に恋人ができてしまったのだ。獲物をさらわれた狐のように、文学者は悶《もだ》え苦しんでいた。

ふむ、と思った。

奥さんを大切にしないから、他の女に逃げられるのだ。悔しがる文学者の心理描写に、どこか意地悪な気持ちを抱きながら、わたしは本を置き、キッチンに向かった。

「なに作ってるの」

「面倒臭いものを作る気はないから、手抜きのクロックマダムだよ」

クロックマダム?

「なんだっけ、それ」

「まあ、簡単に言うと、バターとチーズを挟んだトーストに目玉焼きを載せるんだな。本格的に作ろうとすると、けっこう面倒だよ。ベシャメルソースを準備しなきゃいけないし。クロックムッシュという料理もあって、そっちは目玉焼きなし」

「ふうん」

「今回はシンプルにやるつもりだから、正式な作り方じゃないぞ。まずは、食パンにバターを薄く塗って、フライパンで焼くんだ。そのあとチーズを挟んでトースターで五分くらいかな」

トースターに食パンを入れると、お兄ちゃんはフライパンに卵を落とした。じゅわっと音がする。お兄ちゃんの分だろう。二個目の卵を割ろうとしたところで、わたしが声をかけたらしい。

「ちょっと待って」

「なんだよ」

「すごくカロリーが高いように思えるんだけど」

まあ、そうだな、とお兄ちゃんは頷いた。

「バターは薄く塗ったくらいだけど、チーズと卵を使ってるからカロリーはそれなりにあるんじゃないかな」

「深夜に食べるのはまずいんじゃないかしら」

「じゃあ、やめるか。俺は食べるけど」

お兄ちゃんは、わたしの分のパンを、トースターから出そうとした。

「ちょっと待って」

「なんだよ」

「やっぱり食べる」

ふうん、と笑いながら、お兄ちゃんはパンを戻した。やがて五分が過ぎ、トースターがチンと音を立て、パンは焼き上がった。チーズが溶け、とろりと垂れている。きれいに焼き上がったパンの上に、半熟の目玉焼きが載せられた。あっという間にできあがってしまった。

「さて食卓に運ぶぞ」

「うん」

「手伝えよ。フォークとナイフで食べるから」

「いただきます」

「いただきます」

律儀《りちぎ》に言い合って、わたしたちは卵にフォークを入れた。とろりと黄身が溶け出し、パンと絡む。バターとチーズの香りが、おいしさをさらに引き立てた。いろんな味が混ざって、たまらない風味を生み出している。

「おいしいね、これ」

「そうだろう」

「あれ、胡椒《こしょう》も使ってるの」

「挟んだチーズの上に、ほんの少しだけ。ほら、カルボナーラなんかでも、最後に胡椒を使うだろう。卵とチーズの味を引き立てるんだ」

「ううん、太りそうだなあ」

「半分残せばいいよ。俺が食べてやるから」

もちろん残すつもりなどなかった。お腹が減っていたし、おいしかったし、お兄ちゃんに半分あげるのは悔しいし。

わたしは田山花袋の『蒲団』に話を戻した。

「『蒲団』の主人公、振られたよ」

「ああ、そうだな。振られたな」

のんびりしてるからだ、などと実にお兄ちゃんらしい言葉を口にする。

「後悔するくらいなら、早く手に入れればいいのにな」

「手に入れたせいで後悔することはないの」

「あるよ、もちろん。あるさ」

何気なく聞いたら、お兄ちゃんはがっくりと肩を落とした。

「ただし後悔もまた、経験だ」

ああ、この立ち直りの早さはなんだろうか。同じ血を引く兄妹なのに、どうしてここまで違うのか。責めたい気持ちと、教えを請《こ》いたい気持ちが、心の中で綱引きをしている。勝敗は決せず、別のことをわたしは口にしていた。

「お兄ちゃんが言うと、嘘臭《うそくさ》いんだか、深いんだか、よくわからないね」

「なんだよ、それ」

「いや、正直な感想」

先に食べ終わったのはお兄ちゃんだった。ちゃんとごちそうさまと言って、ナイフとフォークを皿に置いた。こういう丁寧さは、たいしたものだと思う。お兄ちゃんはいい加減だし、口ばかり達者だし、男としての重みには欠けるけど、決して不作法な人間ではない。

「ごちそうさまでした」

お兄ちゃんに倣《なら》い、わたしもそう口にして、ナイフとフォークを皿に置いた。

「うまかったか」

「うん。おいしかった」

「だったらよろしい」

お兄ちゃんは得意気に頷くと、わたしを見つめた。それはたぶん、一秒か二秒のことだった。ああ、悪い予感がする……、なんて感じたわたしは、先に口を開いて、話を逸らそうと思った。けれど咄嗟《とっさ》に話題は浮かばず、お兄ちゃんの声がリビングに響いた。

「おまえさ、彼氏いるよな」

悪い予感は、見事に当たった。

「近いうちに紹介してくれよ」

「ええと、意味がわからないんですが」

「彼氏がいるんだろう」

「いますけど」

どうして丁寧語になってしまうんだろうか。どうして正直に答えてしまうんだろうか。いないと言い張ればいいのに。自分の心が、どうにもよくわからない。

紹介しなさい、と急にかしこまり、お兄ちゃんは言った。

「長兄なんだから挨拶すべきだろう。妹をよろしくお願いしますって」

もっともな理屈に聞こえるけど、相手をただ見たいだけに違いない。

どうはぐらかそうかと悩みつつ、わたしは手元の本を捲った。『蒲団』の他に、いくつか短編が入っている。『田舎《いなか》教師』はタイトルだけ知ってる。他はよくわからない。

そうしてページを捲っているうちに、ある台詞《せりふ》が飛び込んできた。

「薬屋さんかネ……今日はいいがな」

伊勢《いせ》辺りから移住してきた人の言葉だと記されていた。伊勢という文字が目に入った途端、わたしの口は勝手に開いていた。ちょうどいい逃げ道を見つけたという感じ。言葉が自然と出てしまった。

「お兄ちゃん、伊勢の人ってこういう喋り方をするの」

「え、なんだよ」

「この本の中の台詞にあるの。伊勢の人の言葉だって書いてある」

わたしは読み上げた。

どうかな、とお兄ちゃんは首を傾《かし》げる。

「がな、という語尾はないと思う。伊勢では聞いたことないよ。まあ、俺はあっちで生まれ育ったわけじゃないから、昔のことは知らないけど」

「お兄ちゃん、伊勢に何年いたんだっけ」

「一年くらいかな」

お兄ちゃんの声が低くなっていた。そしてようやく、わたしは自分の愚かさに気づいた。厄介《やっかい》なことから逃げようとして、別の、もっと厄介なことに触れてしまったのだ。十八歳のころ、お兄ちゃんはこの家を出て、三重県の伊勢で過ごした。お母さんについていったのだ。触れてはいけないことだった。わたしも、お兄ちゃんも、家族の誰もが、まだ消化できていないことだった。なのに、わたしは触れてしまった。

「一年ちょっとか」

呟《つぶや》くのが精一杯だった。伊勢のことなんか持ち出してごめんなさいと謝りたい。けれど、それは余計にお兄ちゃんを、いや……わたしたちを傷つける。なぜ、この本に伊勢なんて地名が書かれていたんだろう。どうして目にしてしまったのか。ただの偶然なのかもしれないし、必然なのかもしれない。

いろいろなことに戸惑い、わたしは言葉を失った。

自分の皿と、わたしの皿を手に取り、お兄ちゃんはゆっくり立ち上がった。わたしの言葉を気にしているふうはない。いつも通りの、ちゃらちゃらしたお兄ちゃんだ。

ゆきな、とわたしの名を口にした。

「紹介しろよ。おまえの彼氏がどんな奴か確かめてみたいんだ。品定めだよ」

かなりわざとらしく、お兄ちゃんは意地悪な顔をした。それはたぶん、お兄ちゃんなりの気遣いなのだろう。触れてはいけないことに、うっかり触れてしまったわたし、戸惑っているわたし……、そういうすべてを流してしまうために、無理難題をふっかける兄を演じているのだ。お兄ちゃんは意地悪だけど、とても優しい。
「うん。わかった」
だから頷くしかなかった。

わたしとお兄ちゃんと、恋人と。その三人で会うというシチュエーションは、これまでにも何度かあった。もちろん、その恋人というのは、常にお兄ちゃんの恋人だったけど。あれはいつだったろう。ああ、そうだ。お兄ちゃんが恵利《えり》さんと付き合ってたときだから、たぶんわたしが中学二年のころだ。

三人で夜道を散歩したことがあった。

どうしてそんなことになったのか、今となっては覚えていない。覚えているのは、夜空に細い月が引っかかっていたこと、木星がぴかぴか光っていたこと、吐いた息がすぐに白くなったこと。なるほど。冬の夜だったんだろう。

わたしたちは三人で歩きながら、だらだらとお喋りをしていた。夜というのは不思議なもので、輪郭《りんかく》のはっきりしない言葉を口にすることができる。意味をちゃんと捉《とら》えず、お互いに確信を持たないままでも、不安にならずにすむというか。

恵利さんはせっかく恋人が――というのはお兄ちゃんのことだけど――そばにいるというのに、わたしとばかり話していた。

女同士の気楽さもあったのだろう。

わたしは大人っぽい恵利さんのことが大好きで、子犬のように彼女を慕《した》っていた。さわがしいガールズトークに呆れたお兄ちゃんは、すっかり不貞腐《ふてくさ》れてしまい、わたしたちの前をぶらぶら歩いていたっけ。

「ゆきなちゃん、好きな人はいるの」

いいます、と頬《ほお》を染めながら答えた。あのころのわたしは、その程度の会話でも顔を真っ赤にしていたのだった。

「告白はしたの」

「してないです」

「どうして」

「だって恥ずかしいし」

火照《ほて》った顔を見られたくなくて、わたしはうつむいた。恵利さんがくすくすと笑う声が聞こえる。顔を上げて確認してみたところ、彼女は優しく笑っていた。その余裕や心遣いが、とても大人っぽく思えた。

大学生になった今、改めて思い返してみると、あの程度のことで顔を赤くしていたわたしも、優しく笑っていた恵利さんも、ただの子供だったのだとわかる。わたしたちはそれぞれ、できるかぎりの背伸びをしていたのだ。

「それに彼女がいるから無理ですよ」

「ああ、その人、付き合ってる女の子がいるのね。彼女がいるって知ってたのに、好きになっちゃったのかしら」

恵利さんはまだ優しく笑っていた。その笑みに促され、普段は心の中に押し込めている気持ちを口にしてしまった。

「知ってました。だから駄目だって思ったんですけど、どうにもできなくて」

「恋って厄介ね」

「厄介です」

「だけど、まったくないと寂しいし」

わたしは無邪気に尋ねた。

「恵利さんもそうなんですか」

まあね、という感じで恵利さんは頷いた。長い髪が垂れ、月に照らされた青白い頬を隠した。彼女の髪は癖があって、本人は気にしていたけど、わたしはふわりと揺れるさまを見るのが大好きだった。柔らかい髪質や儚《はかな》さが、恵利さんに似合っていたからだ。

お兄ちゃんが振り返り、後ろ向きに歩きながら、言葉をかけてきた。

「俺がいるから、いいだろう」

あのころ、お兄ちゃんはすでに女たらしだった。妹がいて、恋人とふたりきりじゃないのに、そんな言葉を平気で口にするのだからたいしたものだ。

「寂しかったら、俺に甘えろ」

うん、と恵利さんは頷いた。その瞬間、彼女はいきなり少女になって、お兄ちゃんのもとへ駆けていった。自然な仕草でお兄ちゃんが手を伸ばすと、恵利さんも手を伸ばした。そして、ふたりの手は繫《つな》がった。しっかり握り合った。

その瞬間、わたしはなぜか幸せだった。

本当に幸せなのはお兄ちゃんと恵利さんで、わたしは話相手を失い、ひとりきりになってしまったというのに、胸には温《ぬく》もりが溜まっていた。一生懸命にお兄ちゃんを見上げる恵利さんの背中の反《そ》り具合とか、その背中を支えるお兄ちゃんの腕が、とても大切に感じられ、永遠に取っておきたいとさえ思ったものだ。

なにか話すふたりを、いくらか離れたところから眺めつつ、わたしは歩き続けた。ベストポジションだな、と思ったりもした。幸せたっぷりのふたりから、お裾《すそわ》分けを貰っていたのかもしれない。

やがて恵利さんが気を遣い、立ち止まった。手を繫いでいたお兄ちゃんも、必然的に立ち止まることになる。

恵利さんは優しく言ってくれた。

「ゆきなちゃんもこっちにおいでよ」

本当はふたりの姿をもう少し眺めていたかったけど、恵利さんの気遣いを無駄にしたくなくて、わたしは駆け寄った。

そんなわたしに、お兄ちゃんは容赦なく言った。

「無粋《ぶすい》な奴だ。せっかくいい雰囲気だったのに」

恵利さんが、うふふと笑った。

「禎文とゆきなちゃんって仲がいいのね」

わたしとお兄ちゃんは同時に反応した。

「そんなことないです」

「そんなことないね」

口にした言葉まで、ほとんど一緒だった。

恵利さんはまた、うふふと笑った。

「やだなあ。勝てないなあ」

「なにがだよ」

「血の繋がりって強いって思ったの」

そんなことないね、とお兄ちゃんは言い張った。

「気持ちのほうがはるかに大切だよ。血の繋がりなんて当たり前だろう。そういうのとは関係なしに繋がってるのって、だからこそすごいし、大切なんじゃないか。ただそれだけで尊いんだよ。血とかっていう泥臭いものとは、まったく違うんだ。おまえは俺を信じていればいいんだよ。それでなにもかもうまく行くから」

実にお兄ちゃんらしい主張だった。やたらと理屈臭い。それでも、うんと素直に頷いて、恵利さんはお兄ちゃんの手をしっかり握った。たまたま目に入ったので、あのときの、恵利さんの指の動きを覚えている。細くて白い指が、お兄ちゃんの手を、強く強く握っていた。まあるい爪の先が白くなっていた。

恵利さんはお兄ちゃんのことが本当に好きだったんだろう。

歩いているうちに、わたしたちは家にたどりついてしまった。わたしと、お兄ちゃんの家だ。わたしはそのまま家に入ることにして、お兄ちゃんが恵利さんを送っていくことになった。わたしは道路に立ったまま、ふたりの背中を眺めていた。お兄ちゃんと恵利さんが歩いているのは南に延びる一本道で、その先に木星が輝いていた。ふたりはまるで木星を目指しているように思えた。

お兄ちゃんと恵利さんの姿が見えなくなるまで、白い息を吐きながら、家の前に立っていた。

あれほど永遠を願ったお兄ちゃんと恵利さんの恋は、けれど半年で壊れた。最後は、ひどい修羅場《しゅらば》が何回もあった。携帯電話がそれほど普及してない時期で、お兄ちゃんと恵利さんは家の電話で連絡を取り合っていた。

「藤村です」

わたしが電話を取ると、少し間があってから、

「ああ、ゆきなちゃんね」

と恵利さんの声が聞こえてきた。

そのころには、お兄ちゃんと恵利さんの仲がうまくいってないと、わたしも知っていた。あとは時間の問題だった。受話器を持ったまま、わたしは目を閉じた。木星を目指して歩いていた、ふたりの背中が浮かんだ。

「はい。ゆきなです」

目を開いてから、答えた。

「最近はどうなの。例の男の子に告白したのかしら」

「してないですよ、もちろん」

「すればいいのに」

電話から聞こえる恵利さんの、くすくすと笑う声が優しくて、たまらなく悲しくて、心のどこかを闇《やみ》が走っていった。その闇は走り続け、同じ場所に留《とど》まらないのに、決して消えなかった。

「禎文はいるの」

「あ、呼んできます」

受話器を耳から離した瞬間、なにか聞こえた。そんな気がした。すぐ受話器を耳に戻し、わたしは尋ねた。

「え、なんですか」

少し間があった。

「ううん、なんでもないの。禎文に代わって」

「はい」

あのとき、恵利さんはなにを言ったのだろう。


紺野君が去ってしまったあと、わたしはたったひとりで講堂に残り、『蒲団』を読み進めた。そして、最後の一行を心におさめてから本を閉じ、駅に向かった。

香月君の通っている大学と、わたしの通っている大学は同じ沿線で、たった二駅しか離れていない。これから電車に乗って、彼と会うことになっている。平日の、昼間の電車は空《す》いており、同じ車両にいるのは、わたしと、白髪のお爺《じい》ちゃんだけだった。お爺ちゃんは眠っているのか、目を閉じ、電車と一緒に体を揺らしている。電車がゆっくりカーブを曲がるたび、車内に落ちる影もまた、ゆっくり角度を変えていった。

わたしたちは同じ場所に留まることなんてできない。たとえ留まろうと思っても、周りが変わってしまう。こうして影が角度を変えるように。どれほど大切に手入れしても、革靴がだんだんくたびれていくように。

電車に揺られながら、わたしは恵利さんのことを思い出した。彼女のくすくすという笑い声や、優しい顔つきや、柔らかい髪のことを考えた。そして、受話器を耳から離した瞬間、彼女がどんな言葉を口にしたのか想像を巡らした。

「ねえ、わたし、もう少しゆきなちゃんと話したいな」

なんとなくだけど、恵利さんはそう言った気がする。たくさんの時が流れたというのに、すべてがあまりに鮮明だった。わたしはあのときに、十四歳の自分に戻りたかった。そうして恵利さんともう少し、いや、たくさん話したかった。どうでもいいことや、下らないことを、もっともっと話したかった。

けれど、すべて過ぎ去ってしまった。

もう戻れない。

恵利さんに会うこともないだろう。

わたしはバッグから古い本を取り出した。田山花袋だ。女弟子の残り香を嗅《か》ぎながら、あのまわりくどい文学者は泣いたのだ。薄汚れた欲や、見栄《みえ》や、あるいは立場なんかにがんじがらめになりつつ、失ってしまった相手のことを思い、涙したのだ。

みっともない姿だろう。

愚かだろう。

唾棄《だき》すべき惨めさだろう。

なんとなくページを開いてみる。いろんなところを、拾うように読んだ。


ゆくりなく時雄《ときお》が訪問すると、芳子《よしこ》は白粉《おしろい》をつけて、美しい顔をして、火鉢の前にぽつねんとしていた。

「どうしたの」と訊《き》くと、

「お留守番ですの」

「姉はどこへ行った?」

「四谷へ買物に」

と言って、じっと時雄の顔を見る。いかにも艶《なまめ》かしい。時雄はこの力ある一瞥《いちべつ》に意《い》気地《くじ》なく胸を躍《おど》らした。


女弟子と関係ができそうになったときの、文学者のときめき――。

その愛する女弟子、淋しい生活に美しい色彩を添え、限りなき力を添えてくれた芳子を、突然人の奪い去るに任すに忍びようか。機会を二度まで攫《つか》むことは躊躇したが、三度来る機会、四度来る機会を待って、新なる運命と新なる生活を作りたいとはかれの心の底の底の微かなる願《ねがい》であった。

女弟子を、思わず若い男に奪われたときの嫉妬《しっと》――。

細君が汚《きたな》がってしきりに揺《ゆす》ったり何かしたが、時雄は動こうとも立とうともしない。そうかといって眠ったのではなく、赤土のような顔に大きい鋭い目を明《あ》いて、戸外《おもて》に降りしきる雨をじっと見ていた。

嫉妬に狂い、酒に沈み、情けなく厠《かわや》に寝転がる惨めな姿――。

人だな、と思った。ここにはちゃんと人が描かれている。お兄ちゃんに愚痴ったように、決して好きな物語ではなかったけど、読んでよかった。心になにかが落ち、波紋が生まれた。その波紋の広がりを感じながら本を膝《ひざ》に置き、わたしは目を閉じた。がたんごとんと電車に揺られていた。やがて停車駅を告げる声が車内に流れ、電車はホームに滑り込んだ。ドアが開く前に、わたしは立ち上がった。

香月君は駅前にいた。革製のシンプルなバッグを肩にかけ、本を読んでいる。

わたしはそんな彼の姿をしばらく眺めていた。なにかが、じんと心の底に湧き上がってくる。あそこにいるのが、わたしの付き合ってる人なんだ。わたしの好きな人なんだ。そう思うと、たまらなく彼が愛しく思えた。駆け寄りたいけど、こうしてずっと見ていたい気もする。

やがて若い女性が彼に近づき、なにか話しかけた。たぶん宗教の勧誘だろう。あの手の人は、独特の雰囲気があるので、なんとなくわかる。香月君は少し困った顔をしつつも、きっぱりと首を横に振った。若い女性はそれ以上誘っても無駄だと悟ったらしく、すぐ立ち去った。

ああ、そうだ。彼は強い人なんだ。

香月君を初めて見かけたのは、ある薄暗い画廊の中だった。わたしが行ったとき、お客さんは五、六人くらいしかいなかった。そのうちのひとりが——四十歳くらいの男の人だった——連れの女性とやけに大きな声で話していて、他の人たちは迷惑そうだった。とはいえ、わざわざ注意するほどでもなく、わたしはうるさいなと思いながら、壁に掛けられた絵を眺めていた。

「少し静かにしてもらえますか」

声が聞こえたのは、鮮やかな朱に彩《いろど》られた絵を見ているときだった。顔を右に向けると、眼鏡をかけた、おとなしそうな男の子が目に入ってきた。大声で話していた人と向かい合っていた。彼は穏やかに、けれど、きっぱりした口調で言った。

「ここは絵を観る場所なので」

ああ、申し訳ない、と相手は謝った。

「迷惑をかけたね」

「いえ」

穏やかな外見、それとは裏腹のきっぱりした態度は、とても印象的だった。わたしと同じくらいの年なのに、はるかに落ち着いている。なのに絵を観る真剣な表情は少年そのもので、むしろ幼く感じられた。

あのときから、わたしは香月君に惹《ひ》かれていたのかもしれない。

記憶を引っ張り出して、何度も何度もその手触りを確かめていたところ、香月君がわたしに気づいた。手を上げる。彼は笑っていた。その笑みを見た途端、心が弾《はず》み、わたしは駆けていた。

彼に向かって。

第四話

あぢさゐ

永井荷風《ながいかふう》の『あぢさゐ』を読んでいたら、香月君が改札に現れた。それはもちろん、お兄ちゃんの部屋から勝手に持ち出してきた本だ。わたしを見つけると、香月君は慌てて駆け寄ってきた。

「ごめん。待たせたよね」

あれ、いつもより早口かも。

香月君を待つときは、いつも楽しい。会ってるときも楽しいけど、待ってるときも楽しい。この前、映画を観にいった日だって、そうだった。一週間ほど前のことが、頭にくっきり浮かび、わたしは頰《ほお》が熱くなった。

だけど、今日はなんだか、複雑だ。

「大丈夫。ちょっとだけだよ」

彼を慰めるように、わたしは言った。待ち合わせは、駅前に二時だった。今は二時を五分ばかり過ぎたところ。

たいした遅れじゃない。

「焦ってたせいか、財布を持たないで家を出ちゃって。駅で切符買おうとして気づいたんだ。すぐ取りに戻ったけど、その分だけ遅れた」

いつもの香月君とは、やっぱり違う。言葉を放つタイミングが少しばかり早い。もしかして緊張してるのかな。わたしはなんだか、申し訳ないような気持ちになった。こうして彼を呼び出したのは、お兄ちゃんの気まぐれなのだ。もっと気楽にしていいよと言おうと思ったけど、彼の顔を見ていたら、わたしのほうまで緊張してきた。

「ちょっと歩くね。うち、駅からけっこう離れてるの」

わたしとお兄ちゃんがふたりきりで住む家は、郊外のベッドタウンにある。駅前はそれなりに賑《にぎ》わっているけど、十五分も歩けば、ただの住宅地だ。都心に比べると、空が広い。高い建物がないせいだろう。青の色もちょっと違う感じ。

「どうしたの、香月君」

香月君は辺りを見まわしていた。

「確認してるんだ」

「え、確認って。なにを」

「ここで藤村は育ったんだろう」

「うん」

「それを確かめてる」

彼が嬉《うれ》しそうに言うものだから、なんだか恥ずかしくなった。つい足もとを見てしまう。雨が続く日は肌寒いけど、たまにこうして晴れ間が訪れると、降り注ぐのは夏の日差しだった。そんな日差しに照らされ、わたしと香月君の影が道路に落ちていた。隣を歩く香月君の影は、わたしの影より大きい。当たり前だけど。

ああ、そうだ。

ちょっとした思いつきを、わたしは実行に移した。ばれないよう、歩く速度を緩め、香月君の斜め後ろへ体を持っていく。わたしの影と、香月君の影が、道路の上で寄り添った。ほんの少し手を伸ばすと、影は仲良く腕を組んでいるように見えた。

「いいところだな」

彼は気づかず、ただ笑っている。

「田舎《いなか》だけどね」

「藤村は本当の田舎を知らないんだよ」

「本当の田舎って、どういうこと」

「うちの母方のお祖父ちゃんが、山梨《やまなし》にいてさ。中学生のころまで、夏休みはそこで過ごしたんだ。小さな川が流れてて、岸にへばりつくように家が建ってた。山が高いから、夜明けは一時間遅いし、日暮れは一時間早い。夜になると真っ暗で、たくさん星が見えた。ああいうのを、本当の田舎って言うんだよ」

香月君、あのね、わたしたちは腕を組んでるんだよ。影だけど。ほら、ちゃんと寄り添ってるよ。言ってしまおうかと思ったものの、恥ずかしいのでやめておいた。わたしだけの楽しみにしておこう。

「ここはずいぶん都会だよ。だって家が立て込んでるんだから。お祖父ちゃんちなんて、隣家がはるか向こうなんだ。どれくらい離れてたかな。百メートル、いや二百メートルは離れてた。大声で叫んだって、声なんて届かないくらいだった」

「いいね、そういうの」

「楽しかったよ。カエルの鳴き声がうるさくて、慣れるまで眠れなかった」

「今もよく行くの」

尋ねると、彼は首をゆっくり振った。

「お祖父ちゃんはもう死んじゃったから」

ああ、そうか。中学生のころまで、と香月君は言ったっけ。なぜ察することができなかったんだろう。ごめんなさいと謝るべきかもしれないと思ったけど、それも大袈裟《おおげさ》な気がして、わたしはただ、そうなんだと言ってうつむいた。

しばらく無言で歩き続けた。影だけが腕を組んでいた。

途中から緩やかな坂が続き、下りきったところに橋がある。幅十メートルほどの川が流れていた。かつてはドブ川のように汚れていたものの、今はだいぶきれいになって、カワセミもやってくるそうだ。

橋の真ん中で、香月君が立ち止まった。

「こんな川があるのっていいな」

ちょっと笑ってるのかな。声がそんな感じ。わたしはまだ顔を上げられない。

「なんだか、わかる気がする」

「どういうこと」

「藤村の性格というか気持ちが。藤村って呑気《のんき》だろう。ぼんやりしてるというか。ああ、それは言い方が悪いな。鷹揚《おうよう》……そう、鷹揚という感じだ。心が広いというか」

「え、違うよ」

慌てて顔を上げると、ようやく香月君の表情が目に入ってきた。彼は穏やかに笑っていた。いつもの香月君だった。

「わたし、ちっとも鷹揚じゃないもの」

むしろ心が狭いほうだ。ちゃんと自覚している。つまらないことで怒るし、すぐ不機嫌になるし、人付き合いが下手だ。

同じ学校にマキちゃんという子がいる。紺野君の恋人だ。

彼女は誰《だれ》とでも仲良くできて、いつも花のように笑ってて、不機嫌な顔を滅多に見せない。それに、わりと美人で、胸はわたしよりも大きい。マキちゃんを見かけるたび、少しだけ悲しくなる。わたしは彼女のようにはなれない。誰とでも仲良くするなんて無理だし、華やかに笑うことも不可能だ。

そんなことを思うと、ため息が漏れそうになった。

自分の性格はわかっているつもりだし、諦《あきら》めてもいるけど、やっぱり振りまわされる。たぶん本当はわかっていないんだろう。諦めてもいないんだろう。

「どうしたんだよ、藤村」

「わたしはちっとも心が広くないよ。マキちゃんみたいにはなれないもの」

「マキちゃんって誰のこと」

香月君は不思議そうな顔をしている。わたしだって、なぜマキちゃんのことを話してしまったのかわからなかった。女の子なら、誰だって、気になる同性がいる。羨《うらや》ましいと思ったり、かなわないと嘆いたり。だけど、それは人に話すようなことじゃなかった。心の奥底にしまっておくべきことだ。

「同じ学校の、女の子。すごく華やかで、明るくて、誰とでも仲良くなれるの」

「彼女とよく比べられるのか」

「そういうわけじゃないけど」

比べているのは、わたし自身だ。

香月君は、ふうんと曖昧《あいまい》な声を漏らし、橋の欄干《らんかん》に体を預け、空を見上げた。ほっそりした首が伸びて、喉仏《のどぼとけ》が浮かび上がる。

中性的な風貌《ふうぼう》をしてるのに、やっぱり香月君は男の子なんだなと思った。

「藤村は藤村でいいんじゃないか」

「うん」

「そのほうがいいよ」

「うん」

「だから僕は——」

その先の言葉は、川面《かわも》を吹いてきた風に紛れて聞こえなかった。焦ったわたしは、なにと尋ねた。え、なに。なんて言ったの。けれど香月君は穏やかに笑うばかりで、ちっとも答えてくれない。

風に揺さぶられた水面《みなも》は、きらきらと日光を反射していた。川岸に茂る草がざざざと音を立てて揺れていた。空はひたすら青く、澄んでいた。

少し考えた末、もう尋ねないことにして、彼と同じように、欄干に体を預けた。今はあえて曖昧にしたまま、大切にとっておこう。そして、いつか聞こう。本当に聞かなければいけないときが来るはずだから。

「いい天気ね」

関係ないことを言う。

「そうだな。きれいな青空だな」

「雲が流れていくね」

「速いよ。すごく速い」

「空はもっと風が強く吹いてるのね」

「雲の形だって、見てるうちにどんどん変わっていく。ほら、ちょうど真上にある雲、端のほうが渦《うず》を巻いてる」

「本当だ。すごいね」

いつの間にか、わたしは笑っていた。香月君の声を聞くうち、心が軽くなっていた。マキちゃんへの劣等感も、雲のように流れていった。なんだか不思議な感覚。自分でもよくわからないような不安も、香月君と一緒にいるときは感じないですむ。彼が優しい言葉をかけてくれるからかもしれないけど、それだけじゃない。彼の声や気配、手を繋《つな》いだときの温《ぬく》もり、それらすべてが響くのだ。わたしという存在の、根っこに。

気がつくと、わたしは彼に寄り添っていた。体が勝手に動いていた。

キスをした。

ほんの少し、唇が触れるだけの行為。

「いいのか、こんなところで」

唇が離れると、彼が言った。くすくす笑っている。

「家の近所なんだろう」

「あ、そうだった」

自分の行為に、びっくりした。

「誰かに見られたかもしれないよ」

目の前を、自転車が二台、走り抜けていく。坂を下ってきたから、ずいぶん勢いがついて、実に軽やかだった。カラカラカラ、と車輪が鳴っていた。

「まずいんじゃないか、それって」

「うん。まずい」

なんて言いつつ、わたしたちはもう一度、キスをした。今度は、さっきより、ほんの少し長く。頭の芯《しん》が、じんと痺《しび》れたようになった。唇を重ねるという行為は、どうして気持ちいいんだろう。

「そろそろ行こうか。この坂を登ればいいんだよな」

「そう。まっすぐ」


「やあ。こんにちは」

お兄ちゃんは実に呑気なものだった。見事なまでの笑みを浮かべつつ、香月君を迎えた。緊張して財布を忘れた香月君とは大違いだ。

「遠くまで来てもらって悪かったね」

「いいえ、あの、初めまして」

香月君の声はずいぶんとぎこちない。

「まあ上がって上がって」

しかし、お兄ちゃんはひたすら、陽気で軽薄だ。頭を抱えたくなった。なんなのだ、この態度の差は。香月君は緊張しすぎかもしれないけど、お兄ちゃんは緊張しなさすぎだ。やけに嬉しそうだし。わたしと目が合うと意地悪そうに笑うし。からかわれているとしか思えない。ああ、実際にそうなんだろう。

お邪魔しますと言って、香月君は靴を脱いだ。そのあと靴を揃《そろ》えているのが、いかにも彼らしい。

そして、ようやく気づいた。

「ああ、そうなんだ」

声まで出てしまう。廊下を歩き出したお兄ちゃんと香月君が立ち止まった。

「なんだよ、ゆきな」

「ううん。なんでもない」

「変な奴《やつ》だなあ」

お兄ちゃんは言って、ふたたび歩き出した。気にしている香月君に、なんでもないよと笑っておいた。今まで考えたことがなかったけど、お兄ちゃんは、わたし以外の人にも見えるんだ。そうか、見えるのか。

「さて、まずは自己紹介かな」

居間のソファに陣取《じんど》ったお兄ちゃんは、にこやかに笑っている。わたしと香月君は、気まずく立ったままだ。

「ゆきなの兄の、禎文です」

「僕は、あの、香月です。香月駿《しゅん》です」

よろしくお願いします、と彼は頭を下げた。つい釣られて、わたしも頭を下げてしまった。そんなわたしを見て、お兄ちゃんがまた意地悪そうに笑う。

「香月君か。いい名前だね」

「そ、そうですか」

「実にいいよ。香りの月なんて風雅に尽きる。由来は知ってるのかな」

「いえ、由来までは……」

「調べてみるといいよ。なにか面白い逸話《いつわ》があるかもしれないから」

香月君はしどろもどろだけど、お兄ちゃんは饒舌《じょうぜつ》だった。わたしも香月君も、完全に弄《もてあそ》ばれている。最高のつまみといったところか。

いたたまれなくなって、わたしは口を挟んだ。

「お兄ちゃん」

「なんだ」

「そろそろ食事をしたほうがいいんじゃないかしら」

「ああ、そうだな」

ソファから立ち上がったお兄ちゃんは、香月君に尋ねた。

「君、手先は器用なほうかな」

「はい。わりと」

よかった。お兄ちゃんは頷《うなず》いた。

「じゃあ手伝ってもらおう」

「なにを」

わたしはまた、口を挟んでしまった。悪い予感がしたのだ。

お兄ちゃんは見事に無視した。

「こっちがキッチンだ。一緒に来てくれないか」

「はい」

「たいしたことじゃないよ。くるくるってね、伸ばして、捻《ひね》るだけだから」

くるくる？

伸ばして、捻る？

なにを？

男の子ふたりが、キッチンに向かって歩いていく。女のわたしだけが取り残された。なんなのだ、これは。いったいどういうことなのか。

「お兄ちゃん、わたしも手伝うよ」

立ち止まったお兄ちゃんは、大袈裟に顔をしかめた。なにを言ってるんだ、おまえは、といったふう。

そのあと、実にわざとらしく、ため息までついた。

「男同士の話があるからさ。女は邪魔なんだよ。まったく、おまえはわからない奴だな。そこら辺、察しろって」

「男同士の話ってなによ」

「とにかく待ってろ。うまいもの食わせてやる。香月君、ほら行こう。くるくるってね、伸ばして、捻るだけだから」

そうして、お兄ちゃんと香月君はキッチンに消えてしまった。残されたわたしは途方に暮れ、しばらく立ち尽くすしかなかった。お兄ちゃん、変なことを香月君に尋ねてないといいけど。ああ、やりそうだ。わたしたちの馴《な》れ初《そ》めとか。しばらく居間をうろうろ歩きまわっていたものの、どうにも我慢できなくなり、わたしはキッチンに顔を突っ込んだ。

「手伝うことはないかしら」

「ないね。まったくない。来なくていいって言っただろう」

お兄ちゃんは冷たく言い放った。

「なあ、香月君。ふたりで十分うまくいってるよな」

「は、はい」

香月君は納得したというより、戸惑っている感じだ。

「ゆきなは本でも読んでろよ。もう少しかかるからさ。それにしても、おまえは本当に幸せな奴だな」

「どういうこと」

「兄と彼氏が料理を作ってくれるなんて最高じゃないか」

本気で言ってるのか、からかわれているのか、どうにもよくわからない……。


結局、ずいぶんと待たされた。

「腹が減っただろう。期待していいぞ。本当にうまいから」

一時間近くたったころ、ようやくキッチンのドアが開き、お兄ちゃんが現れた。大きな蒸籠《せいろ》を掲げ持っている。それはかつて、お兄ちゃんが、横浜にある専門店で買ったものだった。お兄ちゃんは満足そうな顔で自慢してたっけ。

「蒸籠には何種類かあるんだけど、これはプロ仕様なんだよ。国産のヒノキ材を使ってるらしい。ほら、焼印《やきいん》が押してあるだろう。もう少し安い奴だと、ただのハンコが押してあるだけなんだ」

同じように満足そうな顔で、その蒸籠を掲げ持ったお兄ちゃんは、後ろに香月君を従え、リビングのテーブルに蒸籠を置いた。そして香月君が従者よろしく、黒酢と醤油《しょうゆ》、それにラー油の瓶《びん》を脇に並べる。

わたしは低い声で尋ねた。

「もしかして餃子《ギョーザ》なの」

ずいぶん長く待たされたせいで、すっかり不機嫌になっていた。

この一時間ほど、お兄ちゃんに言われた通り、本を読もうとしてみたものの、文字がまったく頭に入ってこなかった。読んだそばから忘れてしまう。とにかく落ち着かないのだ。

ところが、お兄ちゃんはまったく気にする素振りも見せず、ふふんと笑った。

「ゆきな、よく考えてみろ」

「なにを」

「これは蒸籠だぞ。ただの焼き餃子なんて、あり得ないだろう」

なるほど、と思ったものの、素直に頷くのは癪《しゃく》なので黙っておいた。そうしているうちに、お兄ちゃんと香月君はいそいそと体を動かし、ご飯やら中華スープやら箸《はし》やらをテーブルに並べていった。

「さあ食べようではないか」

席についたお兄ちゃんが言う。実に仰々《ぎょうぎょう》しい口調だ。

「香月君はゆきなの隣に座るといいよ」

「あ、はい」

「だから、ゆきなはそっちな」

お兄ちゃんが窓側の席にひとり、わたしと香月君はその向かい側だ。まるで面接のようだった。いろいろ不満はあったものの、お兄ちゃんと香月君があっさり席についてしまったので、従うしかなかった。三人の食卓。なんだか変な感じ。まるで三人が家族になったみたい。

「いただきます」

「いただきます」

「いただきます」

不本意ながらも声を揃える。お兄ちゃんが蒸籠の蓋《ふた》を開けると、湯気がもうもうと上がった。蒸籠の中に行儀よく並んでいたのは、なんと小籠包《ショウロンポウ》だった。くるりと巻かれたその先が、とても可愛らしい。

「え、すごい」

本格的な中華料理に、つい声が弾《はず》んでしまった。

「これ、ふたりで作ったの」

お兄ちゃんは胸を張った。

「俺《おれ》たちの力作だよな、香月君」

「自分でこんなのが作れるなんてびっくりしました」

香月君の顔はほころんでいた。

「コツを摑《つか》むのに苦労したけど、本当に楽しかったよ」

わたしのほうを見て、そう言う。言葉通り、実に楽しそうだった。

「すごく難しかったんじゃないの」

「そうだね。難しかった。最初はうまく具を包めなかったよ。だけど、お兄さんに教えてもらったら、なんとかできるようになった。右側が、僕が作った奴なんだ。お兄さんが左側。やっぱりお兄さんのほうがうまいよね」

見れば、右側の小籠包は、確かに形が歪《いびつ》だ。くるりと捻られた先も、左側ほど尖《とが》っていない。

慰めるように、お兄ちゃんが言った。

「形なんてどうでもいいんだ。味は一緒だから。さあ食べよう」

「黒酢で食べるのね。お酢じゃなくて」

「皮と具がしっかりしてるから、こういうのは黒酢のほうがおいしいんだ。黒酢と醬油の割合は好みだな。黒酢を多めにするのがお勧めだけど。そうだ。芥子《からし》を忘れるなよ。味が格段によくなるぞ」

三人で調味料の瓶をまわし、それから小籠包にかぶりついた。

「熱いよ、これ」

嚙《か》んだ途端、肉汁が溢《あふ》れ、口の中を火傷《やけど》しそうになった。いろんな味や香りが広がる。お肉とネギ、それにキノコも入っているのかな。ちょっとしたアクセントになっているのは、干しエビだろうか。

「すごくおいしい。本当に本当においしい」

わたしの弾む声を聞いて、男の子ふたりは満足そうな顔で笑った。

「どんどん食べろ。なあ、香月君」

「はい」

「俺たちも食べよう」

「はい」

ふたりはすっかり仲良しになっていた。

そして、ようやく気づいた。香月君、お兄さんって呼んでたっけ。よく考えると、それって微妙かもしれない。いや、他に呼び方がないのはわかるけど。わたしもお兄ちゃんも同じ名字だし。わたしの兄であることは間違いないし。

まあ、いいか――。

熱々の小籠包を食べていると、気にならなくなってきた。なにしろ本当においしいのだ。皮がもっちりしていて、具は風味豊かだ。皮も具も手作りなんだろう。黒酢がまた、よく合った。お兄ちゃんの言う通りだ。普通のお酢だと、この皮の食感に負けてしまうだろう。

「皮も作ったの」

「当然、手作りだよ。こんなにしっかりした皮、売ってるわけないだろう」

お兄ちゃんは、はふはふ言いながら、小籠包を噛みしめている。

香月君も、はふはふ言いながら、口を開いた。

「皮に入れるお湯の量が難しいんですよね」

「そうだね。季節によって違うからね」

「今日みたいに暖かい日は少なめでいいんだってさ」

香月君はわたしに言った。そうなんだと頷きながら、わたしも、はふはふ言いつつ、小籠包を食べた。

「水じゃなくて、お湯を入れるのね」

「手順自体は意外と簡単だったよ。強力粉と薄力粉とお湯を、ほぼ同量混ぜるだけなんだ。ただ、麺棒《めんぼう》で皮を丸く伸ばすのは、なかなか難しかった。きれいな円形にならなくて。お兄さんは簡単にやっちゃうんだけど。手先の器用さが違うんですかね」

最後の言葉は、お兄ちゃんに向けられたものだ。

お兄ちゃんは首を振った。

「慣れだよ、慣れ。やってるうちにうまくなる。香月君は筋がいいほうだよ。ちょっとやれば、俺よりうまくなると思うよ」

「いや、それは無理ですよ」

「お兄ちゃんにできるなら、香月君にもできると思うな」

「そんなことないよ」

「いやいや、ゆきなにしては珍しく、正しいことを言ったぞ」

「ゆきなにしては珍しいって、どういうこと」

「怖い顔するな。ほら食え。さっさと食え。芥子をもっとつけろ」

「これ以上つけたら辛いよ」

「ゆきなは舌がお子様なんだな。香月君、こいつ、辛いの駄目だろう」

「ああ、駄目ですね」

「まだまだだな」

「まだまだですね」

連係プレーで責められた。

「なによ。ふたりして」

どうでもいいことを喋《しゃべ》りながら、わたしたちはひたすら小籠包を食べ続けた。大きな蒸籠にたくさん詰まっていた小籠包も、三人で食べると、あっという間になくなってしまった。代わりに、お腹がいっぱいになった。心もまた、満たされた。


「いきなりこき使っちゃってごめんね」

帰るころになっても、体の芯が火照《ほて》っていた。小籠包の熱が溜《た》まっている感じだ。

「いや、すごく楽しかったよ」

「本当にそうだといいけど」

「あんな料理が自分に作れるなんて思わなかったしね」

わたしと香月君は、肩を並べて道路を歩いていた。三、四時間前に通った道を、今度は逆方向に、つまり駅に向かって歩いているのだ。

日はすっかり傾き、わたしたちの影が長く伸びていた。風もいくらか強くなった。肩までの髪が巻き上がって、慌てて押さえなければならなかった。そんなとき香月君を見ると、彼の癖のない髪は、気持ちよく揺れていた。男の子っていいなと思った。なぜ、こんなに軽やかなんだろうか。

「藤村、なにを見てるんだ」

「髪――」

「それがどうかしたのか」

「ちょっと伸びたね」

自然と手が伸び、彼の髪を触ってしまう。

「これくらい長いのも似合うよ」

「そうかな」

「うん。短いのも好きだけど」

急に恥ずかしくなり、彼の髪から手を離した。赤くなった顔を見られたくなかったので、足を速め、香月君の少し先を歩く。どうして、こんな気楽に、彼に触ってしまったのだろうか。好きなんて言葉を口にしてしまったのか。

「藤村のお兄さんって、いい人だな」

後ろから声が聞こえてくる。

「気配りができるというか。大人だね」

ちょっとびっくりした。

「大人って、お兄ちゃんのことを言ってるの」

「そうだよ。最初は緊張してたんだ。藤村のお兄さんに会うのは初めてだろう。だけど、一緒に料理をしてると、すぐ打ち解けられた。料理って共同作業だから。たぶん、気を遣って、誘ってくれたんじゃないかな」

「ただの気まぐれだと思うけど」

「そんなことないよ。料理してるときも、僕が戸惑わないように教えてくれたし。あんなに気が利く人、滅多にいないよ」

そうなのかな。

香月君の言葉が、まったく理解できない。実の妹には、そういう面を見せないようにしてるのだろうか。

ふうん、と頷いておいた。

「藤村とお兄さんって似てるな。やっぱり鷹揚なんだと思う」

「それは納得できないかも」

「少なくとも、僕よりは鷹揚だよ」

その言葉がちょっと引っかかった。

「香月君は鷹揚じゃないの」

「自分でもわかってることだけど、僕はいろんなことを気にしすぎるんだ。もう少し鷹揚に生きたいって、いつも思ってる。あるいは寛容って言ったほうがいいかな。だから、藤村のことも、お兄さんのことも、すごく羨ましいよ」

羨ましいなんて言われるとは思ってなかった。香月君のほうがわたしより鷹揚だし、寛容だ。いろんなことを、ちゃんと引き受けているというか。

だからこそ、わたしは彼に惹《ひ》かれたんだろう。

頼ってもいる。

わたしは足をとめ、振り返った。彼も立ち止まる。風が吹いて、わたしたちの髪を揺らした。彼の心に、ちょっとだけ触れた気がした。ああ、さっきは髪に触れたんだっけ。今度は心。どちらもすごくドキドキすることだった。もっと触れたいと思っている自分がいた。

「藤村」

その気持ちが通じたのかもしれない。香月君が手を伸ばしてきた。素直に、わたしも手を伸ばす。最初に強く握ったのは、わたしだったんだろうか。それとも、香月君だったんだろうか。よくわからないけど、わたしたちは手を繋《つな》いだまま歩き出した。

「ご近所さんに見られるかもしれないよ」

香月君が笑った。

わたしも笑った。

「いいよ。もうキスだって見られてるかもしれないし」

それに、香月君は気づいてないけど、行きだって一緒だったんだよ。わたしの影と、香月君の影。ずっと腕を組んで歩いてたんだもの。

ふたりで笑っているうち、橋にさしかかった。

遠くにゴルフ練習場の鉄骨が見えた。

夕日を反射し、ぴかぴか光っていた。

川面を駆けてきた風はひやりとして気持ちよかった。

わたしたちは繋いだ手を振った。

何度も何度も、子供みたいに振った。


永井荷風の『あぢさゐ』は、どうにも手に負えない話だった。芸人と芸者の恋話のせいか、男も女も移り気で、一途《いちず》とはほど遠い。それでも彼らは、相手のことを真剣に思い、時には殺してしまいたいとさえ口走った。

本を膝《ひざ》に置き、わたしは考えた。ここに出てくる人たちはとても愚かだ。それでも、精一杯生きて、誰かを思っている。

「なに変な顔をしてるんだよ」

お兄ちゃんが話しかけてきた。

「え、変な顔って。どういうこと」

「悩んでるのか、落ち込んでるのか、どっちなのかなって」

「わたしは悩んでないし、落ち込んでもいないよ」

ちょっと考えていただけだ。同じだけの思いが、自分にあるのかどうか。

「なにを読んでるんだ」

「永井荷風の『あぢさゐ』という話」

「なんでそんなの読んでるんだよ。たいして有名な作品じゃないだろう。しがない芸人が右往左往するだけでさ」

「うん。右往左往してる」

「永井荷風を読むんなら、とりあえず『濹東綺譚《ぼくとうきたん》』にしておけよ」

「わたしは『あぢさゐ』も好きだけど」

「ふうん。どこがいいんだ」

「恋に溺《おぼ》れてるところかな」

三味線《しゃみせん》弾きの宗吉《そうきち》は、ひとりの芸者に入れ込んでいた。その芸者がまた、ひどい女だった。薄幸を装って、男を振りまわしているのだ。

「恋なんて溺れるものだろう」

「そうだけど」

「おまえは臆病《おくびょう》すぎだよ」

お兄ちゃんは軽く言ったのかもしれない。最近買い集めたCDを整理しながらだったし、わたしのほうを見もしなかったし。

「溺れてこその恋じゃないか」

「そうなのかな」

「プライドを守りながら付き合ったってつまらないよ。そんなの恋じゃない。ぎりぎりという感覚があってこそだ。――なあ、これって、どうだった」

お兄ちゃんが見せたのはベイビーシャンブルズのCDだった。ピート・ドハーティがボーカルで、前はリバティーンズというバンドを組んでいた。

「わたしはリバティーンズのほうが好きだけど」

「ふうん。ピート・ドハーティって、いつこんなバンドを作ったんだ」

「お兄ちゃんが……いなくなったころ」

「そうか」

お兄ちゃんは、なんでもないという感じで頷いた。

いなくなったころ、ではない。

死んだころ、だ。

和箪笥《わだんす》の上に置かれているミニコンポに、お兄ちゃんはCDをセットした。いかにもロックというリフから、曲が始まる。

お兄ちゃんは言った。悪くない。

「けっこう聴けるじゃないか」

「まあ、聴けるけど」

「ただ、やっぱり前とは違うな。仕方ないか。ずいぶんたってるしな」

「そうだね」

お兄ちゃんは曲のリズムに合わせて体を揺らしながら、わたしのほうを向いた。

「香月君、いい奴だな」

「うん」

「おまえにはもったいないくらいだ」

反論すべきだろうか。素直に納得しておくべきだろうか。答えを出せず、わたしは黙っていた。ベイビーシャンブルズの歌がただ部屋に流れる。ピート・ドハーティの声は、ドラッグとアルコールですっかり駄目になっていた。

さて、とお兄ちゃんが言った。あっさりCDをとめた。

「出かけようか」

「え、どこに」

「この世の中は、だいたいにおいて等価なんだよ」

「等価って、どういうこと」

「簡単に言うと、ギブ・アンド・テイク。人は与えられた分しか、与えられない。なにかを得ようと思ったら、なにかを差し出さなきゃいけないわけだ」

　なにを言ってるんだろう、この人は。

「あの、よくわからないんですけど」

「つまりだ。おまえの彼氏を紹介してもらったんだから、俺の彼女を紹介すべきってことだ。それで等価。お互いさま」

　本を脇に置き、しばらく考える振りをしてから、わたしは口を開いた。

「要するに、お兄ちゃんは、彼女を見せびらかしたいだけなんじゃないかしら」

「あれ、なんでばれてるんだ」

「お兄ちゃんってさ、本気で恋に落ちると、必ずわたしに会わせようとするんだもの。家にもしょっちゅう呼ぶし」

「ああ、なるほど」

　そうか、そうだったか、なんて呟《つぶや》きつつ、お兄ちゃんは本気で頷いている。どうやら演技ではないようだ。まったく自覚がなかったらしい。

　わたしはため息とともに言った。

「お兄ちゃんってさ、賢いのか、馬鹿なのか、さっぱりわからないね。一緒に暮らしてるのに、いまだに理解できない。学校の成績は、すごくよかったでしょう。ろくに勉強しないくせに、受験も簡単に乗り切ったし。なのに、自分のことに関しては、ほとんど知らないんだよね」

「もしかして、俺を責めてるのか」

「そういうわけじゃないけど」

なんて言ったものの、責めるような口調になっていたのは確かだ。

「まあ、いいや。とにかく着替えろよ。かわいい服な」

「どうして」

「妹を紹介するんだから、自慢したいじゃないか。ほら、あのワンピースを着ろよ。膝《ひざ》丈《たけ》の、花柄の奴。あれ、似合ってるぞ」

気乗りしないまま、自分の部屋へと向かう。お兄ちゃんが言っていたワンピースを、ベッドに置いてみた。お兄ちゃんは鋭い。この服は、一番のお気に入りだった。腰から裾《すそ》に広がるラインがきれいなのだった。わたしの体型に合っている。

さんざん悩んだ末、ワンピースはそのままにして、デニムスカートと、オレンジ色のTシャツに着替えた。

居間に戻ると、お兄ちゃんも着替えていた。細身のパンツに、派手なシャツ。いかにもお兄ちゃんらしい格好《かっこう》だった。

「あれ、ワンピースじゃないのか」

「クリーニングから戻ってなかったの」

どうして嘘《うそ》をついてしまったんだろう。ワンピースを着なかったのはなぜなのか。自分でもよくわからなかった。

「これ、頼む。金具が少し歪《ゆが》んでて、うまくつけられないんだ」

お兄ちゃんが差し出してきたのは、銀色のネックレスだった。手にしてから、ようやく気づいた。男物じゃない。明らかに女物だ。

「ねえ、首を反《そ》らさないで」

「これでいいか」

「なんとか。ちょっと待って」

お兄ちゃんの首に手をまわし、ネックレスを巻きつける。金具は確かに、ちょっとだけ歪んでいた。

「ネックレス、女物だよね」

「そうだよ」

「彼女のを貰《もら》ったの」

いや、とお兄ちゃんは言った。ほんの少しだけ、間があった。

「母さんのだよ。譲ってもらったんだ」

「ふうん」

平静を装おうとするものの、手は思い通りに動かない。なかなか金具をとめられず、だいぶ時間がかかってしまった。

「お母さんの、つけてるんだ」

「なんとなく」

お兄ちゃんも、わたしも、ちゃんとわかっていたけど、だからこそ、その話題には踏み込まなかった。


お兄ちゃんが向かったのは、近くの公園だった。トラックがたくさん走る国道を渡り、二十四時間営業のスーパーの前を過ぎ、それから数分でたどりつく。公園の真ん中に池があって、木製の橋が架かっていた。橋を渡ると小さな広場だ。広場にはブロンズ製の動物が円形に置かれていた。ゴリラ、カバ、ラッコ、コアラ、それにパンダ——。なぜかゴリラだけ正座している。ものすごく真面目そう。その真面目なゴリラの肩に、鳴子さんは腰かけていた。

よう、とお兄ちゃんは右手を上げた。

「悪い。待たせたかな」

「大丈夫よ。わたしはずっと、ここで待ってるから」

「ああ、そうだったな」

お兄ちゃんは振り返り、彼女を紹介してくれた。

「鳴子さんだ。こっちが、妹のゆきな」

こんばんはと挨拶《あいさつ》したところ、彼女もまた、こんばんはと頭を下げた。

「禎文君に聞いていた通りなのね」

「え……」

「あなたのことをよく話してくれるのよ。だから、初対面って気がしないくらい。もう何度も会ってる気がするわ」

お兄ちゃんを見ると、そっぽを向き、深呼吸なんかしていた。いったい、なにを話したんだろう。ろくでもないことに違いない。

「そうなんですか」

ただ頷くしかなかった。

「ねえ、禎文君。かわいらしい妹さんね」

「いやいや、これでけっこうひねくれてるし、憎たらしいところもあるんだ。無垢《むく》な振りをしてるだけだよ。なあ、ゆきな」

お兄ちゃんは、実にわざとらしく、憎まれ口を叩《たた》いた。それで、はっきりとわかった。どうやら、お兄ちゃんは照れているのだ。なかなか珍しいことだった。

意地悪心が湧《わ》き起《お》こってきた。

「なるほど」

そう言って、お兄ちゃんをじっと見つめる。にやにや笑っておく。

「なんだよ、ゆきな」

「ううん。別に」

「言いたいことがあるなら言えって」

「いいのかな」

「どういう意味だよ」

「本当に言っていいのかってこと」

一瞬、お兄ちゃんは言葉に詰まった。たじろいだ。

「勝手にしろ」

なんて嘯《うそぶ》いたものの、背中は思いっきり拒否している。

だから、あえて言うことにした。

「鳴子さん」

「なあに」

「お兄ちゃん、鳴子さんのこと、本当に好きですよ」

彼女はくすくす笑った。顔を伏せると、まったく癖のない髪が、胸の辺りまで垂れる。

年はいくつだろうか。二十代後半かな。ああ、お兄ちゃんが言ってたっけ。二十七だと。

それなりに世の中を見て、いいことも、悪いことも、経験したに違いない。

「わたし、それ、知ってるわ」

「やっぱりそうですか」

「もちろん」

「兄をよろしくお願いします」

「いえいえ」

お兄ちゃんが慌てて口を挟んできた。

「ちょっと待て。女同士で、なにを納得し合ってるんだよ」

「あら、女同士だからじゃない」

けれど鳴子さんはあっさりあしらう。

「禎文君、本当はわかってるくせに」

「いや、わかってないよ」

「嘘つきなんだから、あなたは」

「そんなことないって」

不貞腐《ふてくさ》れるお兄ちゃんは、意外なことにかわいらしかった。へえ、と思った。いつも小憎らしいお兄ちゃんが、こんな顔を見せるんだ。

「ほら、また嘘をついてる」

「鳴子さんはけっこう意地悪だよな。俺をいじめて、遊んでるだろう」

「まあね」

そして、ふたりは笑い合った。いきなり恋人同士の世界へ突入だ。けれど、わたしはちっとも嫌な気分じゃなかった。むしろ楽しかった。わたしは自分自身が恋をするよりも、誰かの恋を見守るほうが好きなのかもしれない。

「ゆきなちゃんが羨ましいわ」

鳴子さんが、わたしに顔を向けた。

「え、どうしてですか」

「だって禎文君とずっと一緒にいられるんでしょう」

「ええ、はい。兄妹ですから。嫌でも、そこら辺に転がってます」

「転がってるのね」

「ごろごろしてます。すごくだらしなくて、ちっとも格好良くないです」

「わたし、そういう姿も見てみたいわ」

鳴子さんはちゃんとした大人なのに、やけに幼く笑った。あるいは、そんな幼さも、年月を重ねたゆえかもしれない。わたしだったら、こんなふうに笑えないだろう。鳴子さんほど素直な言葉を口にできず、下らない意地を張って、自分の気持ちとは反対のことを言ってしまったりする。

「じゃあ、うちに来ませんか」

弾んだ心に促され、そう言ったところ、鳴子さんは首を傾《かし》げた。悲しそうだった。

「ごめんなさい。無理なの」

「遠慮しないでください」

「ううん。遠慮ってわけじゃないけど」

「だったら、どうぞ。うちはいつでも大丈夫ですから」

誘っても鳴子さんはただ首を傾げるばかり。

「おまえは本当に無神経な奴だな」

言ったのは、お兄ちゃんだった。

「鳴子さんは公園から出られないんだ」

「出られないって、なんで」

尋ねるわたしを見て、お兄ちゃんは顔をしかめた。手に負えないって感じ。答えをくれたのは、鳴子さんだった。

「わたしね、実は地縛霊《じばくれい》なの。この公園で自殺したのよ。だから、ここから出られないわけ。禎文君の家に行くなんて、どうしたって無理ね」

お兄ちゃんがわたしを睨《にら》んでいた。馬鹿と罵《のの》っていた。唇は強く結んだままだけど、視線が訴えている。ああ、そうか。お兄ちゃんは幽霊なんだから、恋人だって幽霊かもしれないんだ。そんなこと、考えもしなかった。地縛霊という言葉も、自殺という響きも、軽く流せるものではなかった。

「ねえ、ゆきなちゃん」

「はい」

「禎文君が料理上手って本当なの」

「確かにおいしいです」

「いいわね。わたしも食べたいんだけど、ほら、ここから出られないでしょう。確かめられなくって」

ええ、とお兄ちゃんが声を上げた。

「鳴子さん、まさか嘘だと思ってたのかよ」

「本当のことはわからないじゃない」

「勘弁してくれ。俺、料理はわりとうまいんだって。さすがにプロ並とは言わないけどさ。一度でも家に食べに来てもらえればわかるって」

「禎文君、地縛霊に無茶言わないで」

「なんで鳴子さんは地縛霊なんだろう」

デートもここでしかできないしさ、とお兄ちゃんは愚痴った。

「他の死に方をすればよかったわねえ」

「まったくだよ」

「遊園地に行きたいわ。コーヒーカップでくるくるまわりたい」

「コーヒーカップか。あれは確かに楽しいよな」

お兄ちゃんと鳴子さんの会話は、ひたすら呑気だった。その声を聞いているうちに、気持ちが変化していった。このふたりはもう死んでいる。なのに当人たちは落ち込んでないし、恋人同士でじゃれ合ってるし、幸せそうだし、お気楽そのものだ。気にしているのは、わたしだけだった。

「あの」

戸惑いつつ、呆《あき》れつつ、わたしは右手を小さく上げた。

「どうしたんだ、ゆきな」

「わたし、提案があります」

「提案って……」

「お兄ちゃんがお弁当を作ってくれればいいんじゃないかしら」

「なるほど」

お兄ちゃんは、珍しく素直に頷いた。

「その手があったか」

「いい考えでしょう」

「すごい。ゆきなにしては上等だ。賢いな、おまえ」

大袈裟に胸を張っておく。ゆきなにしては上等だ、というのは気に入らないけど。

「禎文君の手料理が食べられるなんて、すごく嬉《うれ》しいわ。ねえ、ゆきなちゃん、男の子が料理してくれるのって素敵よね」

「はい、素敵です」

わたしたちは笑い合った。

「この前、食べましたよ」

「なにを」

「わたしの……彼が作ってくれた料理を食べたんです。すごくおいしかったです」

「ええ、羨ましい」

「あれはかなり幸せでした」

いいないいな、と鳴子さんは繰り返した。彼が料理を作ってくれるなんて最高だわ。体をゆらゆら揺らしているものだから、長い髪もゆらゆら揺れている。

「よし、俺、今度は弁当を持ってくるぞ」

「ちゃんと手の込んだ奴ね。冷凍食品を詰めたような奴じゃなくて」

「冷凍食品なんて使うものか」

「ああ、禎文君、そういうタイプよね。いい加減なのに、凝《こ》り性《しょう》でしょう」

なんだそれ、とお兄ちゃんは笑った。

「言葉が矛盾してるぞ」

「いい加減そうだけど、本当は真面目ってことよ」

「俺はちっとも真面目君じゃないね」

悪ぶったお兄ちゃんを、鳴子さんはあっさりと弄んだ。

「あら、わたしへの気持ちも真面目じゃないってことかしら」

「どうしてそうなるんだよ」

見事にあしらわれているお兄ちゃんを見て、感心した。鳴子さんのほうが、一枚も二枚も上手《うわて》だ。さすがは年上。大人だ。

「なに笑ってるんだよ、ゆきな」

「ううん。別に」

「言いたいことがあるなら言えよ。俺、別にって言葉が大嫌いなんだ」

鳴子さんに顔を向ける。ちゃんと理解している彼女は、穏やかに笑い、メッセージを送ってきた。からかっちゃいなさい——。

こんな機会はそうそうないので、鳴子さんの指示に従うことにした。

「別に」

「だから、別にって言うな。そのあとの言葉が大事だろうが」

「別に」

「おい、怒るぞ」

「別に」

「返事になってない」

なんてことを熱く主張するお兄ちゃんだけが顔をしかめていて、わたしと鳴子さんはひたすら笑っていた。

「女って本当に意地悪だよな」

公園の帰り道、お兄ちゃんはぼやいた。地縛霊の鳴子さんは、もちろんいない。

「男のほうがよっぽど素直だよ」

夜は更け、空には細い月が上っていた。今にも折れてしまいそうな月だ。

「ねえ、お兄ちゃん」

「なんだ」

「どうして鳴子さんのことを好きになったの」

「理由なんてないよ」

「え、ないの」

「掘り下げていったら、いろいろあるのかもしれないけど、恋なんて落ちるものだよ。落とし穴みたいなものっていうか。おまえだって、同じだろう。香月君はいい奴だけど、付き合ったら得だとか、楽だとか、計算して好きになったわけじゃないはずだ」

そう言うお兄ちゃんは、両手をパンツの後ろポケットに突っ込み、足を投げ出すようにして歩いていた。昼間、こんなふうに歩いたら、きっと変な感じがするだろう。だけど、夜なら、とても自然だ。ちっともおかしくない。

「そうだね。計算なんかしてなかったかな」

「恋なんて、そんなもんだ」

軽く放たれたお兄ちゃんの言葉が、心に響いた。

「宗さんも、同じだったんだね」

「誰だよ。宗さんって」

「永井荷風の、『あぢさゐ』の主人公」

「ああ、あいつ、宗さんっていうのか。名前なんて、すっかり忘れてたよ」

「宗さん、かわいそうだよね。あれだけ入れ込んだ芸者が浮気者で、最後は——」

ストップ、とお兄ちゃんが言った。

「その先は言うなって。読んだのはずいぶん昔だから、オチを覚えてないんだ。帰ったら、読み直してみる」

「恋の話だよ」

「それは楽しみだ」

お兄ちゃんの歩みが、さらに軽くなった。色恋の話が、たまらなく好きなのだ。わかっていたから、わたしはそらんじた。

　口説かれると、見境ひなく、誰の言ふ事でもすぐきくのが、あの男の病ひでもあり又徳でもあり——。

元の文章、永井荷風が実際に書いたのは、〝あの男〟ではなかった。〝あの女〟だ。お兄ちゃん用に、わたしがちょっとばかりアレンジしたのだった。

「なんだよ、それ」

「『あぢさゐ』を読めばわかるよ」

わたしたちは夜道を歩き続けた。

誰かが遊んでいるのか、気の早いロケット花火が上がった。ひゅう、と音を立て、赤い線を引く。細い月の、脇辺り。

わたしもお兄ちゃんも顔を上げた。

「ぱん」

なんて、お兄ちゃんがおどけて言った直後、ロケット花火は弾《はじ》けた。

「ところでさ」

「え、なに」

「香月君をナンパしたの、おまえなんだってな。意外と大胆だよな」

「ちょっと待って。誰から聞いたの」

答えはわかっていたけど、つい声が高くなった。香月君から、とお兄ちゃんは言った。怖れていた通りだ。キッテンで料理をしていたとき、いろいろ聞き出したのだろう。わたしは強く否定した。

「ナンパなんかしてないよ」

「おまえのほうから声をかけたんだろう」

「まあ、うん」

「ナンパじゃないか、それって」

「そんなつもりじゃなかったの」

「女から声をかけるってのは、つまりそういうことだって」

「違うわよ」

「違わないね」

「違うってば」

「いいや、違わないね」

わたしたちはひたすら同じことを繰り返しながら、暗いばかりの夜道を歩き続けた。

追いつこうと思って足を速めても、お兄ちゃんはどんどん先に行ってしまう。ああ、ちっとも追いつけない。

ロケット花火が、また上がった。

ぱん、と弾けた。

第五話　ノラや

内田百閒《うちだひやっけん》の『ノラや』を読んでいたら、香月君が目を覚ました。ううん、と声を漏らした彼は、その体をよじり、わたしのほうを見た。まだ視線がぼんやりしている。彼のそんな顔を目にするのは初めてのことだった。ふたたび香月君が体を動かすと、掛布団がずれて、意外とがっしりした両肩が覗《のぞ》いた。あまり日焼けしておらず、とても滑《なめ》らかな肌だ。

本を持ったまま、わたしは言った。

「おはよう」

かなり照れくさいことだけど、だからこそ笑っておいた。香月君は両手で顔を覆《おお》い、ごしごしと擦《こす》る。

「藤村、起きてたんだ」

「ちょっと前にね」

「どれくらい」

「三十分ってところかな」

自らの意地悪心を堪能《たんのう》しつつ、たっぷりと間を置いてから、言葉を継ぐ。

「香月君の寝顔、見ちゃった」

「僕の寝顔……」

「じっくり拝見させていただきました」

香月君はまた、両手で顔を擦った。

「なんだか恥ずかしいな」

「だって仕方ないじゃない。隣に寝てるんだもの」

「それって卑怯《ひきょう》だよ」

「卑怯って、なにが」

「藤村だけ僕の寝顔を見ることが。僕は見てないのに」

「The early bird catches the worm」

「え、なんだよ」

いきなりの英語に戸惑いつつ、香月君が尋ねてくる。その諺《ことわざ》を、わたしは日本風に訳した。

「早起きは三文の得」

「三文か。高いのか、安いのか、よくわかんないな」

「なかなかお得でしたよ」

「僕は損した気がする」

ぶつぶつ言いながら、香月君は上半身を起こした。肩も、胸も、お腹も、露《あらわ》になった。

彼の体は、とてもきれいだ。服を着ていると、それほどたくましくは思えないけど、つくべきところにはちゃんと筋肉がついているというか。まったく無理がなく、素直だ。首から肩へのライン、手足の長さ、胸板の厚さ。なにもかもが彼に馴染《なじ》んでいる。ちっとも不自然じゃなくて、実に香月君らしかった。初めて彼の裸を見たとき、だからわたしはまったく驚かなかった。自然に受け入れられた。

お兄ちゃんとは違うんだな……。

そんなことを思いつつ、わたしは『ノラや』をぱらぱらとめくった。どれだけやめてよと訴えても、お兄ちゃんはリビングで服を脱ぎ、着替えたりなんかする。もちろん、じっくりとは見ないけど、ふと目にするお兄ちゃんの体は、どこか哀しくて淋《さび》しい感じがした。

人間というのは、必ず変化していく。それはどうしようもないことだった。いいことでも、悪いことでもない。

わたしたちはなすすべもなく時を重ね、変化をやむなく受け入れ、生きるしかないのだ。けれど、お兄ちゃんの体は、そんな変化についていけてない感じがした。幽霊になった今だけでなく、幼いころから、ずっとそうだ。中学生のときも、高校生のときも、お兄ちゃんの体つきは哀しくて淋しかった。肩甲骨は出っ張りすぎだし、腕は長すぎるし、鎖骨は細すぎる。時の流れに、それによってもたらされる変化に、ひたすら抵抗しているように思えた。

いくら抵抗しても、お兄ちゃんは必ず負けるだろう。

叩《たた》きのめされる。

時の流れをとどめられるほど、人は強くないからだ。対して、時は諦《あきら》めないし、なにより律儀《りちぎ》だった。人は必ず揺らぐ。意外と頑固《がんこ》で、諦めの悪いお兄ちゃんとて、例外ではない。

だから哀しいのだ。

だから淋しいのだ。

だから苦しいのだ。

お兄ちゃんの体と、香月君の体を、わたしはぼんやり比べていた。飄々《ひょうひょう》と生きているように見えるものの、実はお兄ちゃんのほうが足掻《あが》いているのかもしれない。むしろ不器用に感じられる香月君のほうが、一歩一歩を大切にしている。

ベッドサイドにあるテーブルからミネラルウォーターのボトルを手に取り、香月君は口をつけた。顎《あご》を上げると、きれいに首が伸びて、喉仏《のどぼとけ》が浮かび上がった。彼が水を飲み込むたび、その出っ張りが規則的に上下する。その動きを眺めていたところ、昨晩のことが蘇《よみがえ》ってきた。何度も何度もキスをされた。最初はとにかく緊張したけど、ひとたびそうなってしまうと、ただただ幸せで、体だけではなく、心までが満たされた。

自然と顔が赤くなる……。

香月君に見られたくなかったので、わたしは右手に『ノラや』を持ったまま、枕に顔を埋めた。ふかふかの枕は、ありがたいことに、すべてを隠してくれる。

香月君は、ふうと息を吐いた。

水を飲んだせいか、さっきよりも声がしっかりしている。

「今、何時なのかな」

「さあ」

わたしは体をくるりとまわした。糊《のり》の効いたシーツが素肌にすれて、くすぐったい。ベッドの上、つまり頭を置くほうに、時計やら、照明を操作するボタンやらが並んでいる。時計はデジタル式だった。その、青く光る数字を、わたしは読み上げた。

「八時五十七分だって」

「あと一時間でチェックアウトだな」

「うん」

「藤村はすぐに眠れたのか」

「ぐっすりだったよ。香月君のほうが先に寝ちゃったけど」

ちぇっ、と香月君は舌を鳴らした。

「逆だったらよかったのに」

「どういうこと」

「僕が藤村の寝顔を見たかった」

呟《つぶや》くように言った香月君は、いきなりわたしを抱きしめた。突然だったので、びっくりしてしまった。つい本を離してしまう。古い文庫本は柔らかいベッドで弾み、それから、すとんと床に落ちた。

「藤村は意外と意地悪だ」

「そんなことないよ」

言いつつも、心臓が急に走り出した。わたしも、香月君も、まだ裸だった。下着もつけていない。そのままキスをした。彼の手が触れているところ……いや、それだけじゃなくて、彼の体と触れているところがすべて、じんと痺《しび》れたようになった。わたしたちは何度もキスをした。そのたびに、くすくす笑った。

「こういうのっていいな」

「うん。いいね」

「理屈や理論だってもちろん大事だけど、抱き合っているからこそわかりあえることだって、同じくらい大事な気がする」

「わたしもそう思うよ。あのね、香月君」

「なに」

「こうしてるだけで、すごく気持ちいい」

普段なら絶対言えない言葉が、するりと口から漏れた。はしたないと思うし、恥ずかしくもあるけど、それが心地いい。いっぱい抱き合って、いっぱいキスをして、彼の胸に顔をうずめ、頭を撫《な》でられているうちに、電話が鳴った。

香月君はそちらを見た。

「もう時間みたいだな」

「うん」

デジタル時計は、十時ちょっと前を指している。チェックアウトの時間が来たのだろう。電話に手を伸ばした香月君に、わたしは思わず声をかけていた。

「香月君」

不思議なものだ。彼はちゃんとわかってくれた。もう一度わたしをぎゅっと抱きしめ、おでこにキスをしてくれた。それから、首筋にも。彼の唇が触れたところが、やけに熱くなる。

「もうチェックアウトします。ええ、時間通りに」

電話に出た香月君の声を聴きながら、わたしは息を漏らした。もう一度、彼に抱かれたいと思っている自分がいた。

昨日は香月君とデートだった。演劇を見たあと、インド料理店に行った。辛いカレーとか、甘いカレーとか、タンドリーチキンを、たくさん食べた。そのあと、小さなバーに移動した。たまたま入った店だったけど、とても感じがよく、わたしも香月君もくつろぎながらグラスを傾けた。

たくさん飲んだわけではない。

それぞれ、一杯ずつ。

わたしも香月君もそんなに飲むほうではないのだ。デートのあとの香月君は、お酒を飲もうが飲むまいが、背中をしゃんと伸ばして歩く。そして必ず改札まで送ってくれる。

わたしはモスコミュール、彼はモヒートというお酒を飲んだ。モヒートには、摘んだばかりだというミントが茎ごと差してあった。少し飲ませてもらったら、爽《さわ》やかな香りがふわりと広がった。

「おいしいね、これ」

つい、もう一口。

意地汚いわたしのことを笑いながら、香月君は頷《うなず》いた。

「飲みやすいだろう。だけど、ラムベースのカクテルだから、意外と強いんだよ」

「ラムは強いお酒なんだ」

「藤村は酒のことをなにも知らないんだな」

「うん。あまり飲まないし」

「好きじゃないんだね」

「そんなことないよ。嫌いじゃないけど、今まで飲む機会があまりなかっただけ」

カウンターに並んで腰かけ、わたしたちはいろんなことを話した。美しいカクテルも、落ち着いた照明も、洒落《しゃれ》た雰囲気も、とても刺激的だった。

わたしも香月君も、二十歳《はたち》を過ぎたばかりだ。

知らないことがたくさんある。

なんだか悔しいけど、わくわくすることでもあった。わたしたちはこれから、ひとつひとつ学んでいくんだろう。手つかずの世界が、目の前に広がっている。いろんなことを知る過程で、わたしたちは傷つくかもしれない。辛《つら》い経験だってするはずだ。けれど、わたしには今、怖れる気持ちはなかった。香月君と進んでいくのは、きっと楽しい。素直にそう信じられる自分がいた。とてもすばらしいことだった。

「まだまだやれることや、行ける場所がたくさんあるんだよな」

思っていることを話すと、香月君は頷いてくれた。そしてモヒートを一口飲んだ。

「藤村、まだ飲みたいか」

「うん」

「どうぞ」

ミントの香り。それから、アルコールの刺激。お礼に、モスコミュールを香月君に飲ませてあげた。

「こっちもおいしいね」

「正直に言うと、わたし、お酒がおいしいとかおいしくないとか、よくわからないの。このお店はおいしいのかな」

「かなりいけると思うよ。そこらの居酒屋で出てくるカクテルとは全然違うね」

それから、ふたたびグラスを交換して、元通りになった。わたしはモスコミュール、香月君はモヒート。グラスを受け取った彼が言う。

「僕たちは実際、いろんな失敗をするんだろう」

「そうだね」

「辛いときもあるんだろう」

「そうだね」

自分たちが思っていたよりも酔っていたのかもしれない。わたしたちは同じ言葉を繰り返していた。

「辛いとき、香月君は泣くの」

いくらか考えた末、彼は首を振った。

「泣かないよ。僕は我慢する。藤村はどうなんだ」

同じようにいくらか考えた末、わたしは頬杖《ほおづえ》をついた。

「我慢するけど、たまには泣くかも」

いや、しょっちゅうだ。

「泣いている藤村の顔を、見てみたい気がする」

意地悪だよと言って、わたしはくすくす笑った。浮気なんかして、わたしを泣かせるつもりなんでしょう。

香月君もくすくす笑った。

「浮気なんかしないよ」

「本当かしら」

「ちゃんと約束する」

彼がミントの葉を動かすと、グラスの中で、氷がカランカランと鳴った。

「不思議だな、こういう場所って。言葉の断片だけでも、会話が成り立つよね」

「うん。不思議」

「だけど、ちゃんと気持ちは伝わる」

「うん。伝わる」

きれいなグラスに入ったモスコミュールを口に運ぶ。

「また来ようね」

「ああ、また来よう」

やがて白髪のマスターがやってきて、ラムのことについて教えてくれた。ラムという酒は、かつて英国の軍艦で支給されてたんですな。一日一オンスと決まってた。このグラスだと半分くらいかしらね。だけどまあ、大変だったと思いますよ。大量のラムを準備するのはね。船員もたくさんいますから。それで、あるとき、バーノン提督という人が、ラムを水で薄めて出すことにしたわけです。半分に薄めれば、ラムは半分ですむでしょう。ところが飲んだくれの船員にとってはおもしろくない。酔っ払いながら、バーノン提督のことをさんざん愚痴るわけですな。そのバーノンさんがね、グロッグラムという変わった生地の服を着てたから、渾名《あだな》がグロッグでしてね。悪酔いするのをグロッキーというのは、そこから来てるんです。グロッグの野郎め、せっかくのラムを薄めやがって、という感じでね。

「初めて知りました」

「そういう意味だったんですね」

感心するわたしたちに、にっこりと、すごく上品に笑って、マスターは去っていった。背中は曲がっているし、ずいぶんと痩《や》せているけど、カウンターの中を進む足取りは生き生きしている。

「あのマスターって七十歳くらいかしら」

「もっといってるかもしれないよ」

「今もお客さんと話してるけど楽しそう。働いてるっていうより楽しんでるみたい」

「絶対にそうだよ。あの人、楽しくて働いてるんだよ」

いいね、あんなふうに年をとりたいね、と言って、わたしたちはバーを出た。夜道を歩いた。自然と手を繋《つな》いだ。そして、いろんなことを話した。どうでもいいことや、大切なことを、たくさん話した。

わたしは帰りたくなかった。

ずっと香月君と話していたかった。

そして、そうなった。


ホテルを出ると、ひどく暑かった。

夏だ。

わたしも香月君も目を眇《すが》めた。

「こうして毎年、夏がやってくるな」

「光が強すぎて、空が白いね」

薄暗いところから出た途端、こんなに明るいなんて。気恥ずかしさを誤魔化《ごまか》すため、どうでもいいことを話しつつ、わたしたちは歩き出した。強い日差しに照らされたアスファルトは、空と同じようにやたらと白く、そこにわたしたちの濃い影が落ちていた。まるでカミソリで切ったみたいに、輪郭《りんかく》がはっきりしている。五分と歩かないうちに、汗が滲《にじ》んできた。

哀しいことに、最寄り駅には、すぐ着いてしまった。

なんとなく別れがたくて、わたしたちは通路の脇でしばらく話していた。たまにだけど、そっと互いの手を合わせた。指と指を絡めた。恥ずかしいのと、寂しいので、わたしは顔を上げられず、ずっとうつむいて喋《しゃべ》っていた。

あのさ、藤村、と香月君が言った。

「なに」

「顔を見せてくれないか」

「あ、うん」

促され、そのまま顔を上げると、彼がじっと見つめてきた。そして、彼は右腕を伸ばし、わたしを抱きしめた。香月君の胸に、ぎゅっと顔が押しつけられる。彼の匂《にお》いがした。昨晩のことを思い出し、体が熱くなる。

「今晩、電話するな」

囁《ささや》くように、彼は言った。

「待ってる」

わたしの声も小さかった。

「これから、ふたりで、いろんなことをしよう。海に行ったり、山に行ったり、水族館に行ったりしよう」

「どうして水族館なの」

「僕は水族館が好きなんだ」

「じゃあ、香月君がお気に入りの水族館に連れていって」

「わかった」

抱き合っていたのは、たぶん十秒かそこらだろう。わたしが改札を抜けるまで、香月君は同じ場所に立って、見送ってくれた。振り返るたび、彼の姿がだんだん小さくなっていくのが辛かった。本当はいつまでも一緒にいたかった。

乗った電車は空いていて、すぐ席につくことができた。

座席に腰かけ、熱い息を吐きながら、自分を抱きしめる。体って大切だなと思った。前から香月君のことが好きだったけど、もっともっと愛おしくなった。彼の唇が触れたとき、体が震えた。どうしようもなかった。自分以外の誰《だれ》かに、ここまで揺り動かされるのは、とても怖いことなのかもしれないけど、たまらなく幸せでもあった。

がたんがたんと揺れながら、電車は走っていく。駅に着くたび、たくさんの人が降り、たくさんの人が乗ってくる。不機嫌な顔のサラリーマン、着飾った女性、制服姿の女の子は学校をサボったんだろうか。老いた夫婦が顔を寄せ、なにか囁き合っている。

バッグから内田百閒の本を取り出し、続きを読んだ。

老百閒先生は、ノラのことばかり書いていた。ノラというのは、老百閒先生が飼っている猫のことだ。先生の家の庭で生まれ、そのまま住み着いた。母猫はふいっといなくなってしまったそうだ。

ノラは、わさび漬けが入っていた浅い桶《おけ》で、ご飯をもらう。最初こそ家の外だったけど、やがては屋内でもらうようになった。

ノラは、お風呂の蓋《ふた》の上で眠る。お湯が張ってあるせいで温かいからだ。老百閒先生がお風呂に入るときは、その縁《ふち》に登る。

ノラは、風邪を引いた。コンビーフとバターを捏《こ》ねたものに、さらに生卵まで入れてもらって、どうにか元気を取り戻した。

しばらく読んだところで、わたしは膝《ひざ》に本を置いた。本の読み方も、だんだん変わってきた。昔は夢中になって、最後まで一気に読んでいた。早く読めることを誇ったりもした。けれど今は、あえて時間をかける。断片を拾うように文字を追う。たとえ記されていなくても、確かに伝わってくることがあるのだ。

本を膝に置いたまま車内を見まわすと、ほとんどの乗客が入れ替わっていた。覚えがあるのは、あの老夫婦だけだ。お婆《ばあ》ちゃんがバッグから琥珀色《こはくいろ》の飴玉《あめだま》を出し、口に運ぶ。右隣に座る旦那《だんな》さんにも、ひとつ差し出した。お爺《じい》ちゃんは丁寧《ていねい》に包装紙を取り、やはり飴玉を口に入れた。お爺ちゃんの手に残った包装紙を、お婆ちゃんは当たり前のように受け取ると、自分のバッグにしまった。

いいな、と思った。

あのふたりは、ああいうことを、二十年も、三十年も……いや、もっともっと長いあいだ、繰り返してきたんだろう。

そうして、ともに、年を重ねてきた。

仲良く飴玉を舐《な》め、お喋りしている老夫婦の姿を、わたしはしばらく眺めていた。どこにでもある光景なのかもしれないし、ちっとも特別じゃないのかもしれない。なのに不思議と胸が熱くなった。とても大切に思えた。

電車がカーブをゆっくり曲がると、光の加減が変わった。

やけにまぶしい。

視線を落とし、わたしはふたたび本を開いた。

家に帰ると、お兄ちゃんがうんざりという顔をしていた。

「今日さ、やけに暑いんだけど」

わたしの顔を見るなり、そう言う。

訴えているわけではなく、ぼやいているわけでもなく、まるで文句を言うような感じだ。こんなに暑いのは、誰のせいでもないのに。

わたしは唇を尖《とが》らせた。

「夏だもの。わたしだって暑いよ。お兄ちゃんを見てたら、もっと暑くなってきた」

お兄ちゃんはリビングの床に寝転がっていた。格好《かっこう》もだらしない限りで、ヨレヨレのTシャツに、すっかり色落ちしたハーフパンツだ。デートに出かけるときは、必ず決めていく髪も、今はぐしゃぐしゃだった。

「俺《おれ》、暑いのは駄目なんだよ」

知ってる。なにしろ、兄妹なのだ。いつでもヘラヘラしていて、やけに元気なくせに、夏のお兄ちゃんはひたすら情けない。

ふむ、とわたしは思った。

「お兄ちゃんってさ、夏にフラれることが多いよね」

「なんだよ、いきなり」

「いや、ふと思いついたの」

寝転がったまま、お兄ちゃんは顔をしかめた。

「言われてみれば、そうかもしれないな」

「夏のあいだ、お兄ちゃんがだらしないからじゃないかしら」

「なるほど」

お兄ちゃんは上半身を起こした。

「おまえ、いいところに気がついたな」

「夏のあいだは、あんまり電話もしてないでしょう」

「ずっと寝てるからな」

「しょっちゅう電話があったのに、急に途絶えたら、女の子は不安になるよ」

「今日のゆきなはすごく冴えてるぞ」

言いながら、お兄ちゃんは頭を抱え、うんうん唸《うな》り始めた。

「どうしたの」

「あれやこれやを思い出してる」

まあ、かつて付き合った女の子たちのことだろう。

あそこで電話をしなかったのがまずかったんだな……花火に誘うべきだった……そうすれば続いたのに……ああ、しまった……あいつ、行きたがってたよな……。

どうやら大いに反省しているらしい。

「今さら後悔しても仕方ないいんじゃないの」

「まあ、そうだけど」

「お兄ちゃんもまだまだだね」

わたしの言葉に、お兄ちゃんは不満そうな顔をしつつ、立ち上がった。ううん、と声を漏らしながら、体を伸ばす。そうして突き上げられた腕や、床を摑《つか》む足は、やっぱり香月君とは違っていた。出っ張った手首の骨を見ていたら、お兄ちゃんが首を傾《かし》げた。

「なにをじろじろ見てるんだよ」

「別に見てないよ」

もちろん嘘《うそ》だ。正直に言うのは、なんだか恥ずかしかった。

お兄ちゃんが目を眇める。

「あのさ、ゆきな」

「なに」

お兄ちゃんは、なかなか口を開かない。ただ、わたしをじっと見つめている。鼓動が少しばかり早くなった。

「腹、減ってないか」

まったく予想していなかったことを、やがて尋ねられた。

なのに、口は勝手に動いている。

「あ、減ってる」

考えてみれば、起きてからなにも食べていない。お兄ちゃんに言われるまで気づかなかったのは、昨晩のことを繰り返し、思い出していたせいだろうか。

「じゃあ、食べるか」

「なにを作るの」

「いや、もう作ってあるんだ」

「え、そうなの」

「温めるだけだよ」

言いつつ、お兄ちゃんはキッチンに向かった。

残されたわたしは、着替えるため、すぐ自分の部屋に行った。昨日から着ていた服はずいぶんと汗を吸っていたし、いくらか皺《しわ》もできていた。だけど、すぐに脱ぎたくなかった。この服を着たまま、香月君に抱きしめられた。胸のボタンを、ひとつひとつ、はずしてもらった。今もまだ、彼の匂いが微《かす》かに残っている気がした。

鏡に映った自分を見てみる。

大人なのか、子供なのか、よくわからない顔をしていた。

着替えをすませてからリビングに戻ったところ、おいしそうな匂いが漂ってきた。キッチンの中で、お兄ちゃんが中華鍋《ちゅうかなべ》をゆらゆら揺らしている。

キッチンの入り口に立ったまま、尋ねた。

「なんなの、それ」

「まあ変則の中華丼かな」

「変則って……」

「味つけをちょっと変えてるんだよ。オイスターソースと、八丁味噌《はっちょうみそ》なんだ」

「八丁味噌って名古屋のだっけ」

「そう。赤味噌だよ」

「確かに変わってるね」

「具は適当だし、ひどい料理に思えるけど、けっこういけると思うんだ」

「具はなにが入ってるの」

「挽肉《ひきにく》とナスとピーマン、それからシメジかな。冷蔵庫に入ってたものを、適当に炒《いた》めて、味つけしただけだ。なんとズッキーニまで入ってる」

「ズッキーニってイタリア料理に使う食材じゃないの」

「だいぶ前に買ったのが残っててさ。気まぐれに入れてみたんだ」

「おいしいのかな」

「さあ、どうだろう」

「どうだろうって……。お兄ちゃん、食べてないの」

「おまえに毒味をさせようと思ってさ」

憎まれ口を叩きながら、熱々になった具を、電子レンジで温めたご飯にかけた。湯気が、もうもうと上がる。

「こんな暑い日に、こんな熱いものを食べるなんて、考えるだけで汗が出そう」

「暑い日は、むしろ熱いものを食べるべきなんだよ。鷹《たか》の爪《つめ》をたくさん入れてるから、もちろん汗が出るぞ。ほら、自分の皿は持っていけよ」

それぞれ皿を持って、テーブルについた。いただきますと声を揃《そろ》えてから、レンゲでご飯と具をすくう。口に運ぶと、舌が火傷《やけど》しそうなほどだった。

「え、熱い」

慌てていると、お兄ちゃんがすぐ水を持ってきてくれた。

「馬鹿だな。そんな一気に食べることないだろう」

「だって、お腹が減ってたんだもの」

水のおかげで、どうにか落ち着くことができた。今度は注意しつつ、中華丼を口に運ぶ。お兄ちゃんが言った通り、確かに変わった味だった。いろんな味が混ざっている。すごくおいしかった。鷹の爪のせいか、どんどん汗が出る。

「わたし、辛いものばっかり食べてる」

「へえ、そうなのか」

「昨日はカレーだったの」

「うまかったか」

「うん。おいしかった」

「カレーは二日目がおいしいって言うけど、中華丼はどうなのかな」

「あんまり変わらない気がするけど」

お兄ちゃんは頷いた。

「そうだと思ったんだ」

妙な言い方だった。思ったんだ、という過去形がなんだか気になる。けれど、どう尋ねていいかわからず、わたしは中華丼を食べ続けた。

「ごちそうさまでした」

お兄ちゃんより早く食べ終わった。よほど、がっついたらしい。

「うまかったか」

「うん。おいしかった」

「ズッキーニはどうだった」

「ちっとも違和感なかったよ」

「癖のない食材だからかな」

「普通はそんなもの入れようなんて考えないよね」

「まあな」

頷いてから、お兄ちゃんは両手を合わせ、ごちそうさまと言った。男のくせに、お兄ちゃんは行儀がいい。食べ始めるときは必ず、いただきますと言うし、食べ終わると、ごちそうさまと手を合わせる。

いつだったか、はっきりと覚えていないけど、洋楽を聴き始めたころ、お兄ちゃんはちょっとばかり無頼《ぶらい》を気取ろうとしたことがあった。まだ子供だったくせに、こっそり煙草を吸ったり、お酒を飲んだりした。

「お父さんに見つかったら怒られるよ」

わたしが注意すると、お兄ちゃんは不遜《ふそん》に笑ったものだった。

「そんなのかまわないね」

「お酒っておいしいの」

「おまえには、まだ早い」

さすがに少し腹が立った。

「お兄ちゃんにだって、まだ早いよ。子供なのに」

そう、お兄ちゃんは子供だった。

洋楽を聴いて、煙草を吸って、お酒を飲んで、ドラッグのことなんか調べたりしてるくせに、朝と夜は家族揃ってご飯を食べたし、その際は必ず手を合わせ、いただきますとか、ごちそうさまなんて律儀に言っていた。ちっとも無頼じゃなかった。そんな姿が妙におかしくて、わたしは心の中でやれやれと笑ったりしたものだった。

やがて、流行病《はやりやまい》のように、お兄ちゃんの無頼ごっこは通り過ぎていった。

はて、どうしてだろう。

記憶を探った途端、答えに行き着いた。

お母さんのことがあったからだ。

ああ、そうか。ということは、あれは、お兄ちゃんが十六歳か十七歳のときだったわけだ。ずいぶんと長い時間が流れた。なのに、わたしはまだ、心のどこかでお母さんのことを許していない。

自分の気持ちを持て余していたところ、お兄ちゃんが立ち上がった。自分の皿と、さらにわたしの皿を持って、キッチンに向かった。

「わたしが洗うよ。作ってもらったんだから」

「いや、かまわないよ。座ってろ」

「だけど――」

「皿、たった二枚だし」

どうしたんだろう。今日のお兄ちゃんは妙に優しい。というか丁寧だ。わたしに気を遣ってるような感じ。

皿を洗う音が聞こえ、それからすぐに、お兄ちゃんは戻ってきた。

「ところで、ゆきな」

「なに」

「昨日はどこに行ってたのか聞いてもいいだろうか」

やっぱり変だ。聞いてもいいだろうか、だって。普段なら強引に尋ね、強引に答えを要求するはずなのに。

「駄目って言ったら聞かないの」

「まあ、そうだな」

お兄ちゃんは、しかつめらしい顔をしてる。なにを考えているのかわからない。

「ゼミの友達と飲み会だったの」

わたしは嘘をついた。

「そうか。友達か」

「うん」

「楽しかったか」

「わりと」

ふむ、と頷き、お兄ちゃんは歩き出した。そのまま部屋を出て行くのかと思ったら、ドアを開けたところで、なぜだか立ち止まった。

「帰ってこないときは、電話を入れてくれると、ありがたい気がするんだ」

「え、どうして」

「たいした理由はないよ」

　こういうことを言われると、つい反発してしまう。

「お兄ちゃんだって、帰ってこないことがよくあるじゃない。だけど電話なんかしてこないでしょう。どうして、わたしだけしなきゃいけないの」

「まあ、それもそうか」

「お兄ちゃんは、わたしの保護者じゃないんだよ」

　ちょっとだけ考えてから、お兄ちゃんは頷いた。

「そうだな。おまえの言う通りだ。変なことを言って悪かった」

　やけに殊勝な態度で去ろうとするのがどうにも気まずくて、わたしはその背中に声をかけていた。

「どこに行くの」

「いや、寝るだけ」

「まだ昼だよ」

「夏の午睡《ごすい》とは粋《いき》なものじゃないか」

　なんて言いつつ、お兄ちゃんはあっさり部屋を出て行った。いったい、どうしたんだろう。いつもと雰囲気が違う。怒っているわけじゃなさそうだし。そもそも怒る理由なんてないし。わけがわからない。

そのことを話しにいったら、鳴子さんはくすくす笑った。

「禎文君ね、待ってたのよ」

咄嗟《とっさ》には意味がわからなかった。

「待ってたって。なにをですか」

「ゆきなちゃんを」

鳴子さんは今晩もゴリラに腰かけていた。そのたくましい肩にお尻を乗せ、優しく笑っていた。夜風が吹くと、長い髪がふわりと揺れた。

「わたしをですか」

「昨日の夜ね、三時ごろだったかしら、ここに来たの。ゆきなが帰ってこないんだけど、どうしようかって」

「はあ」

「こんなことは滅多にないんだ、なにか起きたのかもしれないって、焦った顔をしてるの。もう終電もないのにって。真面目な顔で、警察に連絡したほうがいいかもしれない、なんて言うのよ。すごく心配してたわ」

そのころ、わたしは香月君と一緒にいた。なにもかも忘れてた。

「わたし、聞いたの。ゆきなちゃんはどんな格好をしていったのかしらって。そうしたら、お気に入りのスカートを穿《は》いていったって言うじゃない。だから、デートでしょうって教えてあげたの。違うかしら」

「当たりです」

即答すると、鳴子さんは笑った。

「あの人、おもしろいわよね。自分はずいぶんと色恋に振りまわされて、そういうことに対する勘は鋭いほうでしょう。なのに、ゆきなちゃんのことだと、やけに鈍感なの。まあ、そう思いたくないだけなのかもしれないわね」

「あの、よくわからないんですけど」

「なにが」

「そう思いたくないって、なぜですか」

「あれでね、けっこう妹思いなのよ。デートか、そうか、デートなのかって呟きながら帰っていったわ。肩を落としてね」

「肩、落としてたんですか」

「落としてたわねえ」

ううん、と唸ったわたしに、鳴子さんが尋ねてきた。

「禎文君の反応が気に入らないの」

本気で心配してくれてたのかもしれないけど、大きなお世話だった。わたしはそこまで子供じゃない。

「ええと、困ります」

ああ、そうか。ふと気づいた。夏の午睡なんて言ってたものの、あれはちゃんと寝にいったんだ。わたしが帰るまで、一睡もせず、待っていたのだろう。ということは、あの中華丼は昼ご飯ではなく、昨日の夕飯として作ったものだったわけだ。

お兄ちゃんのぎこちない態度の理由が、ようやくわかった。なるほど、確かに二日目の中華丼だったわけだ。

「あなたのことが、とにかくかわいくって仕方ないのよ」

「ますます困ります、それ」

本気で訴えると、鴫子さんは立ち上がり、ゴリラの頭をぽんと叩いた。それから三歩進んで、今度はパンダの頭を叩く。さらに三歩進んで、次にコアラ。そして寝そべっているラッコのお腹だけは優しく撫でた。まるであやしているような感じだ。

この子ねえ、と鴫子さんは言った。

「いつも子供たちに踏まれてるのよ」

「寝そべってますからね」

「そうなのよ。他の子はそれぞれ座ってるでしょう。ゴリラなんて礼儀正しく正座だし。

なのに、この子は地面に寝そべってるものだから、踏まれちゃうのよ。ラッコの姿勢としては正しいんだけど」

しゃがみ込んで、ラッコのお腹を撫でる鳴子さんの背中は、なんだか寂しい感じがした。彼女がどうしてこの公園で自殺し、地縛霊《じばくれい》になったのか、わたしは知らない。よほどのことがあったんだろう。理由を知りたい気もしたけど、知らないほうがいいような気もした。

「わたしも小さいころ、踏んでました。だけど、お母さんにかわいそうでしょうって言われて、それからは踏んでないです」

「あら、いいお母さんね」

風が流れた。わたしと鳴子さんの髪が揺れた。

「じゃあ禎文君も踏まなかったのかしら」

「はい。踏まなかったと思います」

「なるほど。あの人の優しさは、お母さんから受け継いだものなのかもしれないわね。心の根っこのほうが素直なのよ。生きづらいこともあると思うわ」

「生きづらいって、お兄ちゃんがですか」

「ええ、そうよ」

すぐに言葉を返せず、わたしは鳴子さんと同じように、ゴリラの頭を叩いた。三歩進んで、パンダ。また三歩進んで、コアラ。さらに三歩進むと、ラッコと、鳴子さん。彼女の脇にしゃがみ込んだ。短いスカートを穿いていたので、自分の膝が、目の前に来る。この公園でよく遊んだのは、小学生くらいだった。あのころ、わたしの膝はもっと華奢《きゃしゃ》だった。そのくせ、夏には男の子みたいに日焼けしていた。わたしの膝はもう、子供のそれではない。なのに、大人にはなりきれず、どこかにまだ幼さを宿している。

人はいつから大人になるのだろう。わたしは、男の人と付き合って、お酒だって飲める年になった。朝帰りしたって、誰にも文句は言われない。ちゃんと自由を楽しんでいる。それでも、わたしはまだ、本当の大人ではなかった。

鳴子さんは大人だ。

ちゃんとわかる。

おかしなことかもしれないけど、鳴子さんの膝を見てみたいと思った。わたしの膝とは、ずいぶん違うのだろう。彼女のスカートは長いので、今は見えなかった。

鳴子さんは顔を上げ、笑った。

「ばらしちゃおうかな」

「なにをですか」

「禎文君の計画」

「え、お兄ちゃんの計画ってなんですか」

「彼ね、明日と明後日は帰ってこないわよ。心配させられたから、今度はゆきなに心配させてやるんだって息巻いてた」

「本気でしたか」

「もちろん本気だったわ」

わたしは頭を抱えたくなった。

「あの、とめてください。そういう馬鹿げた計画は」

「かわいいじゃないの」

「もう、お兄ちゃん、なにを考えてるんだか。子供みたい。それに、お兄ちゃんはしょっちゅう外泊するから、帰ってこなくても心配なんかしませんよ」

「だから二日なんだって」

「二日？」

「禎文君、幽霊になったあとは、外泊しても次の日には帰ってるでしょう。二日連続、まったく連絡なしで帰ってこないことなんてなかったはずよ。彼なりに気を遣ってるみたい。なにしろ幽霊でしょう。いつ消えちゃうかわからないもの。二日連続で帰らなかったら、ゆきなが不安になるからって言ってたわ」

「一日の外泊はいいわけですね」

「妥協点なんですって。さすがに、まったく外泊なしは無理だから」

「そんな理屈、お兄ちゃんにしかわからないですよ」

憤《いきどお》って言うと、鴫子さんは両手をそっと合わせた。

「馬鹿なところが、たまらなくかわいいでしょう」

どうして、こんなに嬉《うれ》しそうな顔をするのだろう。

恋は盲目とは、このことか。

「わたしは呆《あき》れてますけど」

「まあ、あなたはそうでしょうね。とにかく、禎文君が二日後に帰ってきたら、心配してたって感じで迎えてあげてね。本気じゃなくていいの。演技でかまわないのよ。彼の二日分の努力に報いてあげて」

ちょっとは努力してみますと告げて、わたしは公園をあとにした。


お兄ちゃんは翌日になると出かけ、その夜は帰ってこなかった。鴫子さんに告げた計画を、しっかり実行しているらしい。

ため息ばかりが漏れた。

「まさか本気でやるとは。お兄ちゃんって、どうしようもない馬鹿なんだ」

なんて呟きつつ、次の日の昼は、素麺《そうめん》を茹《ゆ》でて食べた。佐賀《さが》に嫁《とつ》いだ叔母さんが、わざわざ送ってくれたのだ。素麺の良し悪しなんて、わたしにはまったくわからないけど、お腹はちゃんと膨れた。

「ああ、そうか」

ひとりでいるのに、なぜだか言葉が漏れてしまう。

「叔母さんにお礼の電話をしなきゃ」

年賀状を探し、そこに記されている番号にかけると、叔母さん本人がすぐに出た。

「あの、藤村です。ええと、東京のゆきなです」

慌てて言葉を重ねる。藤村は、叔母さんの旧姓でもあるのだ。

「あらまあ、ゆきなちゃんか」

「はい。素麺を送ってもらって、ありがとうございました。お礼がすっかり遅くなって、申し訳ありません」

ええのんよ、と叔母さんは言った。佐賀の訛《なま》りだろうか。お父さんと同じように、元は東京で育ったのだけど、嫁いだ先にすっかり染まっていた。

「ゆきなちゃんが電話かけてくれたけど、お父さんとお母さんはどうしたっと」

「今も海外です」

「まだ帰ってこんのね」

「はい」

ほんのちょっとだけ、間があった。一秒か、二秒。それで、わたしは悟った。叔母さんも、うちになにがあったか知っているのだ。

「ゆきなちゃんは元気かね。そっちも暑かろう」

「ええ、暑いです。でも元気です」

お互いわかっているくせに、そのことには一言も触れなかった。どうでもいいことを話しながら、長い長い回線の向こうにいる叔母さんのことを思い浮かべた。性格は明るくて、とてもお喋りだ。お父さんと似てるなと思った。彼女の声や、話し方に、なんとなくだけど、そういうものを感じた。

「ゆきなちゃんの年ごろやと、いろいろあるやろうね。いいことも、悪いことも。叔母さんもそうやったしね」

「ありますね。いいことも、悪いことも」

「あとになったら、悪いことだって楽しく感じられるようになるんよ」

受話器を置いたあと、叔母さんの言葉を思い返してみた。本当にそうなんだろうか。わたしにはまだ、わからない。あるいは、叔母さんは、お父さんとお母さんのことを言ったのかもしれない。

考え過ぎかもしれないけど。


のんびりと『ノラや』の続きを読んだ。ある日の午後家を出て行ったきり、老百閒先生の飼い猫であるノラは帰ってこなかった。最初は冷たい態度を取っていたくせに、いざいなくなってしまうと、老百閒先生はノラが帰ってこないと言っては、ひたすら泣いた。それはもう、たいした変わりようだった。あまりに泣きすぎて、洟《はな》をいちいち拭《ふ》くものだから、鼻の先が白くなって剝《む》けたとまで書いている。たかが猫がいなくなったくらいで、そこまで泣くものだろうか。老百閒先生は、ノラのことが心配で、十日もお風呂に入ってないらしい。

時計を見ると、夜の二時だった。

お兄ちゃんはまだ帰ってこない。

「あのね、お兄ちゃん。もしいるんなら、出てきてもいいんだよ」

空間に言葉を放ってみたけれど、答えはなかった。

どうやら、ここにはいないらしい。

幽霊であるお兄ちゃんが、どんなふうに現れたり、あるいは消えたりするのか、わたしにはよくわからなかった。詳しく聞けば教えてくれるのだろうけど、はっきりさせるのが嫌で、日々の流れに任せ、曖昧《あいまい》なままにしている。

お兄ちゃんは、いつまで、ここにいるのだろう。もしかしたら、このまま消えてしまうのかもしれない。

そう思ったら途端に不安が押し寄せてきて、わたしは部屋をうろうろ歩きまわった。

お兄ちゃんもずいぶん下らないことをする。わたしに対する当てつけなんだろうか。あるいは復讐《ふくしゅう》か。だけど、わたしだって、もう十五、六の子供じゃない。外泊くらい構わないはず。たかが一晩帰らなかっただけで、なぜこんな子供じみたことをするのか。

部屋を何周かしてから、わたしはソファに腰かけた。

また本を手に取った。

老百閒先生のノラは、いつまでたっても帰ってこない。先生は、新聞に猫捜しの広告まで出した。こういう猫を見かけませんでしたか、と。お兄ちゃんが帰ってこなかったら、わたしも新聞に広告を出してみようか。その文面を考え、わざわざ紙に書いてみた。老百閒先生が出した広告を参考にした。

　迷男
　寿町界隈痩身中背髪長し
　いささか捻《ひね》くれてゐる
　お心当の方はお知らせ乞
　男戻れば乍失礼呈薄謝一万円

実に下らない暇つぶしだ。その紙をテーブルに放り出し、ソファで本を読んだ。やがてソファに座ったまま、わたしは眠ってしまった。起きたのは昼前で、暑さで目が覚めた。だらだらと垂れる汗を、手で拭《ぬぐ》いながら、わたしは家の中を歩きまわった。

「お兄ちゃん」

虚空《こくう》に呼んでみる。

「帰ってるの」

返事はない。

最後に、お兄ちゃんの部屋のドアを、ノックした。反応はない。開けてみたところ、がらんとした空間が広がっていた。たくさんの本が、あちこちに積まれている。天井にまで達する本棚は、もう一杯だ。

どうしよう……。

もしお兄ちゃんがこのまま帰ってこなかったら、わたしはひどく後悔するだろう。大切なことを、ちゃんと伝えていない気がする。とはいえ大切なことというのがなんなのか、あまりにも漠然としていて、わたし自身にもよくわからなかった。ただの思い込みなのかもしれない。鳴子さんのところに行ってみようかと考えたものの、そのあいだにお兄ちゃんが帰ってくるかもしれないので我慢した。

そうして、一日目が過ぎ、二日目の夜になった。

最初の心配は、やがて憤りに代わり、そのうちまた心配に戻った。憤りと、心配のあいだを、行ったり来たりした。わたしは現実から逃げるため、本ばかり読んだ。

老百閒先生の奥さんは、こんなことを言っていた。

「尻尾を引つ張つたり、仰向けに踏んづけたり、いぢめてばかりゐるから、それ程可愛がつてゐるとは思はなかつた」

確かに、その通りだ。老百閒先生の態度は、実にちぐはぐだった。

じりじりした気持ちで待っているうち、ほんの少しだけ眠ったのかもしれない。ふと気づくと、時計は朝の五時を指していた。二晩続けて、リビングで夜を明かしてしまった。淡い光が室内を満たしている。夏の朝は早い。窓を開け、その向こうの空を見上げると、もう十分に青かった。どこかでセミが、ジジ、ジジ、と律儀に鳴いている。うるさいなと思いながら、わたしはひたすら『ノラや』を読んだ。ノラは、ちっとも帰ってこない。

老百閒先生はずいぶんと参っていたし、わたしも同じように参っていた。

もしノラが野天に寝てゐたらノラの耳が濡《ぬ》れただらう。そんな事が気になり、以前は雨の音が好きだつたのに近頃は楽しく聞けない。

猫の耳はずいぶん尖っているから、雨に濡れるだろう。

木賊《とくさ》の中からこの庭の向うに出て、屏《へい》を登つて行つたのだらうと思ひ出し、庭を見てゐるのが堪らなくなつて家内に障子を閉めさした。まだ目が熱い内に平山が来てくれた。

目が熱くなったのだ。

朝五時目がさめた時、家内も目をさまして、今ノラの夢を見たと云ふ。陳列戸棚の様な所の前にノラがゐて、家内を見ると急いで家内の方へ来ようとしたと云ふ。ただそれだけの事だが、急いで来ようとしたと云ふのが可哀想で涙が止まらなくて、もう寝られなくなつてしまつた。

けれど、そんな文章を読んでいるうちに、わたしは呑気《のんき》にも寝てしまった。ソファに横たわり、ぐうぐうと寝息を立てた。二、三時間たったころ、ようやく目が覚めた。時計を見ると、すでに昼の十時だ。

ソファなんかで眠ってしまったものだから、体が重い。

手に持ったままの本を置き、わたしは立ち上がった。ううん、と声を漏らしつつ、思いっきり伸びをした。そして室内を見まわす。あれ、と思った。テーブルの上に置きっぱなしにしていた紙が、例の、猫捜しならぬ、人捜し広告案を書いた紙の位置が、少しだけ変わっている気がした。誰かが触ったような感じ。

慌てて階段を上った。

二階に行くと、お兄ちゃんの部屋のドアに、一枚の紙が貼《は》ってあった。昨日の夜まで、そんなものはなかったはずだ。

腰に手を置き、わたしは紙に書かれた文章を、じっくりと読んだ。

　春夏秋冬　日昇閉門　爾後《じご》ハ急用ノ外
　オ敲《たた》キ下サイマセヌ様ニ――。

内田百閒が書いた文を、少しだけもじったものだと気づいた。『ノラや』の中に出てきた言葉だ。わたしが寝ているあいだに、こっそり家に入ってきて、しかも自分の部屋のドアにこんな貼り紙をするとは。

いささか呆れたものの、だからこそ、わたしはドアを派手に叩いた。

「お兄ちゃん、ねえ、次の本を貸して」

大きな声を出す。

「内田百閒は、もう読んじゃったから」

本当はまだ読み終わってなかったけど、それがちょうどいい口実だった。

うるさいな、と室内から声が聞こえた。やっぱり帰ってるんだ。きっちり二日、家を空けて、ようやく戻ってきたわけだ。わたしに心配させようとして。お兄ちゃんは、本当に下らないことを考える。まったく、どうしようもない。

「お兄ちゃん、ねえ、お兄ちゃん」

さらに強く、わたしは拳《こぶし》をドアに打ちつけた。

お兄ちゃんはどんな顔で出てくるんだろうか。きっと不機嫌を装うに違いない。面倒臭そうな振りをするだろう。

さて、わたしのほうはどうしようか。

そんなことを考えつつ、わたしは何度も、何度も、ドアを叩いた。

第六話

山椒魚（改変前）

井伏鱒二《いぶせますじ》の『山椒魚《さんしょううお》』を読んでいるうち、眠ってしまったらしい。目が覚めたとき、日はずいぶんと高くなっていた。重い瞼《まぶた》を擦《こす》りながら、体を起こす。ここのところ、なかなか眠れない日が続いていた。ベッドに入っても瞼が下りぬまま、一時間も二時間も過ごしてしまうし、たとえ眠れても、ちょっとしたことで起きてしまう。そのくせ、ひとたび睡眠の深い底まで転げ落ちたあとは、いつまでたっても目覚めなかった。

一階のリビングに下りると、お兄ちゃんはソファに腰かけ、新聞を読んでいた。

「おや、ねぼすけがようやく起きてきた」

いきなり、からかわれた。

「おはよう、ゆきな」

なのに、こういう挨拶《あいさつ》はちゃんとするのだ。いかにもお兄ちゃんらしい。壁にかかった時計を確認すると、十二時をいくらか過ぎていた。もうお昼だ。おはよう、なんて挨拶は変な気がする。

「おはよう、お兄ちゃん」

他の言葉が見つからず、結局、わたしはそう口にした。あくびをしつつ、冷蔵庫を開ける。牛乳パックを取り出し、さらにグラスを持って、テーブルについた。

「昼ご飯、一緒に食べるか」

牛乳を飲み終え、グラスをテーブルに置いたところ、お兄ちゃんが尋ねてきた。

「うん。食べる」

「ちょっと待ってろ」

お兄ちゃんが置いていった新聞でも読もうかと思ったけど体が動かなかった。いや、動かないのは心なのか。少しでも気分を変えたくて外を見ると、太陽の光が、すっかり褪《あ》せていた。いつまでもいつまでも続くように思えた夏も、案外あっさり去ってしまった。八月の末に台風がやってきて、そのあと二、三日は暑い日が続いたものの、しばらく雨が降り、上がったときには秋の風が吹いていた。

わたしたちは同じ場所にはいられない。たとえ留《とど》まろうと思っても、周囲が変わってしまう。どうしようもないことだと、わかってはいるけど、それが辛《つら》くないと言ったら嘘《うそ》になる。

「さあ、食べろ」

お兄ちゃんが、やがて戻ってきた。右手と左手に、それぞれ丼を持っている。目の前に置かれたのは、温かい素麺《そうめん》、つまり煮麺《にゅうめん》だった。

「素麺が一袋残っててさ」

「ふうん」

「片付けてくれよ」

ただの煮麺ではなかった。まず大きなお肉がごろりと入っている。ずいぶんと時間をかけて煮込んだらしく、脂身が透き通っていた。それに香菜《パクチー》がたっぷり。変わった調味料も使っているようだ。

「これ、なんていう料理」

「もう秋なのにさ、今さら素麺なんて食べる気がしないだろう。だからフォーみたいに使ってみたんだ」

「フォーってベトナムの麺だっけ」

「そうだよ。ただしフォーは米粉が原料で、素麺は小麦粉。フォーは平たいのが多いかな。素麺は細いけど」

「ずいぶん違うじゃない」

「ほら、熱いうちに食べろって。食い物っていうのはな、熱いうちに食べれば、だいたいうまいものなんだ。まるで人生のようだろう」

下らないことを言って、お兄ちゃんは悦《えつ》に入《い》っている。今のさ、ちょっとヘミングウェイの格言みたいだったろう、なんてことまで付け足した。もちろん無視して、丼を手に取った。お肉は柔らかく、脂身の癖はすっかり抜けている。ちっともしつこくない。香菜も利いていた。細い麺が、するすると喉《のど》を通っていく。

「おいしいね。お肉が柔らかい」

「かなり煮込んだからな」

「この風味はなに」

「いろいろ入ってるよ。メインはニョクマムだな。ベトナムの醬油《しょうゆ》みたいなもんで、魚から作るんだ。日本語だと、魚醬《ぎょしょう》っていうけど。魚の醬油ってこと。日本にも魚醬はあるよ。秋田のしょっつるとか」

「へえ」

お兄ちゃんはベトナム風角煮の作り方を教えてくれた。なんと、まずカラメルを準備するのだそうだ。砂糖をたっぷりフライパンに入れ、火にかける。砂糖は熱で溶け、やがて焦げ始める。これがカラメルだ。カラメル作りはおもしろいよ、とお兄ちゃんは言った。要するに砂糖で甘い苦さを出すんだ。甘い苦さというのは、変な言葉なのかもしれないけど、意味はよくわかった。確かにカラメルは甘くて苦い。まるで人生のよう。ああ、お兄ちゃんの下らない格言癖が移ったのかな。とにかく、そうしてカラメルができたら、ニョクマムと胡椒《こしょう》とニンニク、それにたっぷりの水を足して、とろみがつくまで煮詰める。そのあいだに、豚肉にしっかり焼き目をつけておくのだそうだ。煮汁と豚肉を合わせ、あとはひたすら煮る。煮れば煮るほどおいしくなる。

「そのレシピ、わたしにはすごく大変そうに思えるけど」

「簡単だよ。ただ焼いて、煮るだけだし」

お兄ちゃんはマメだ。わたしとは違う。

「素麺も意外と合うね」

「こういう食べ方もありだよな。素麺ってさ、佐賀の叔母さんが山ほど送ってくるだろう。夏のあいだに食べきれないんだ」

「秋になっちゃうよね」

「そうだな。もう秋だな」

わたしたちは揃《そろ》って、窓の向こうを見た。夏の盛りは暑さにすっかり参ってしまい、早く過ぎて欲しいと思う。

なのに、ひとたび去ってしまうと、やけに寂しくなるのが夏だった。

「秋って寂しい感じがするね」

「そうだな」

「秋自体が寂しいのかな。それとも夏が過ぎたから寂しいのかな」

「難しいことを聞くな、おまえ」

どうでもいいことを話しながら、わたしたちは麺を啜《すす》った。お肉も、香菜も、とてもおいしかった。さっぱりしているのに、気がつくと、お腹がいっぱいになっていた。

「ごちそうさま」

「ごちそうさま」

ほぼ同時に、兄妹で手を合わせた。

「肉はまだあるから、あとで食べよう」

「あ、いいね」

「そうだ。留守電を聞いておけ」

「留守電ってなに」

「父さんから電話があったんだ。俺《おれ》が出るわけにはいかないだろう」

「なんて言ってたの」

「来週、一時帰国するってさ。母さんも一緒だって」

「どうして帰ってくるのかしら」

「法事だよ」

「え、誰《だれ》の」

お兄ちゃんはため息をついた。

「まったく、おまえという奴《やつ》は。どうして、そんなに呑気《のんき》なんだ。目の前に誰がいるか言ってみろ」

「いや、誰って、お兄ちゃんでしょう」

そこで、ようやく気づいた。

「あ、お兄ちゃんの三回忌だ」

その通り、とお兄ちゃんは頷《うなず》く。

「忘れないでくれよ」

「そうか。やるんだ、三回忌」

「やるさ。やるともさ。冷たい妹だな。もう少し悼《いた》んでくれよ。兄の命日くらい覚えておいて欲しいもんだ」

「呑気に料理なんかしてるんだもの」

「うまかっただろう」

「うん。おいしかった」

「感謝しろ」

「しております」

「ならば、よろしい」

わたしたちはあえて、大袈裟《おおげさ》な言葉を交わした。胸に浮かんだいろんなものを誤魔化《ごまか》した。

お兄ちゃんが死んで、二年たったんだ。

いろんなことを思い出しながら、『山椒魚』を読んだ。短い話だったので、すぐ読み終わってしまった。話の筋は、実に簡潔だ。一匹の山椒魚が、岩屋に閉じ込められてしまう。頭がつっかえて、出るに出られない。山椒魚は目高《めだか》を見る。蛙《かえる》を見る。彼らは自由に水を行き来している。

気になったのは、この一節だった。

淀みの水面は絶えず緩慢な渦を描いていた。それは水面に散った一片の白い花弁によって証明できるであろう。白い花弁は淀みの水面に広く円周を描きながら、その円周を次第に小さくして行った。そして速力をはやめた。最後に、極めて小さな円周を描いたが、その円周の中心点に於て、花弁自体は水のなかに吸いこまれてしまった。

白い花弁は、おそらく清楚《せいそ》で美しかったであろうそれは、あっさりと水の流れに飲まれてしまったのだ。

たまたま岩屋にまぎれこんだ蛙を、山椒魚は閉じ込める。ただの嫌がらせ。ひどいなと思ったけど、今は山椒魚の気持ちが少しはわかった。

ようやく九月も末になったころ、珍しく京橋なんかで香月君と待ち合わせた。ガードレールに腰かけ、彼はテキストのようなものを開いていた。じっくり読んでるわけではなく、あちこち捲《めく》っている。手つきが荒っぽい。そのテキストを鞄《かばん》に押し込むと、腕時計を確認した。

ああ、まずい……。

約束した時間に少し遅れている。二分か三分くらい。

「香月君、本当にごめんなさい」

わたしは慌てて駆け寄った。やたらと丁寧《ていねい》に謝ってしまう。

「遅れちゃった。ごめんなさい」

あ、うん、と香月君は頷いた。

「ほんのちょっとだよ」

「そうだけど」

「行こうか」

目が合ったけど、香月君は笑ってくれなかった。そのことに自分でも驚くほどショックを受けていた。時間がたちさえすれば、こじれたものだって、どうにかなるかもしれないと期待していた。そうであって欲しいと願っていた。けれど香月君は笑ってくれなかった。わたしも笑えなかった。

「映画、わりとおもしろいらしいよ」

先を歩く香月君が言う。

うん、とわたしは頷いた。歩くたび、足を進めるたび、気持ちが落ちていく。

平気な振りをして、会話を続けた。

「古い映画なんだよね」

「たぶん六十年代の作品だと思う。監督がケン・ローチで、少年とハヤブサが出てくるんだ。それで――」

香月君はどんどん歩いていく。振り返りもしない。いつもの香月君なら、必ずわたしと肩を並べてくれる。なのに今日の彼はやけに早足だ。気がつくと数メートルばかり離れていて、そのたびにわたしは小走りで追いかけなければいけなかった。

ああ、と思った。追いかけ続けられるんだろうか。

こんなことをずっと繰り返していたら、いつか追いかける気持ちが萎《な》えてしまうかもしれない。離れていく彼の背中を、ただ見送るだけになってしまう。考えると、目頭が少し熱くなった。いろんなことが頭の中を巡るけど、ちっとも繋《つな》がってなくて、飛び飛びだった。彼の苛立《いらだ》った声とか、大きなため息とか、もういいよという言葉とか。蘇《よみがえ》っては消えていく。

藤村、と香月君に名を呼ばれた。

「こっちだよ」

「え――」

「行き過ぎてる」

　気がつくと、わたしは立ち止まった香月君を追い越し、だいぶ進んでしまっていた。体が、いや、心が反応するまで、いくらか間があった。香月君は悲しそうな顔で、追い越したわたしを見ていた。あるいは、そう映っただけなのかもしれないけど。

「ごめんなさい」

「ここが会場だよ」

「ごめんなさい」

　なぜ何度も謝ってしまうんだろう。そう思うのに、口からは同じ言葉が出ている。

　会場は古いビルだった。映画美学校と入り口に記されている。薄暗く幅の狭い廊下を抜けると、いきなり空間が開けた。ちょっとしたホールだ。天井はドーム状で、古めかしい照明がいくつも垂れている。ランプを覆うシェードは乳白色のガラス製だった。二十年前とか三十年前の建物ではない。もっと古かった。壁は白のしっくい塗りで、ところどころ剝《は》げている。

　ホールの脇を抜け、赤いビロードが張られたドアを開けると、そこにスクリーンがあった。客席は二百くらいだろうか。とても小さな会場だ。

　後ろのほうに、わたしたちは腰かけた。

「こういう古い映画の上映会ってよくあるの」

「わりと多いよ。イタリア映画祭とか、スペイン映画祭とか。映画祭なんてついていても、そんなに盛大じゃなくて、まあこんなものだけど」

彼は小さな会場に目をやった。

ふうん、と頷いておく。

「どこでそんな情報を見つけてくるの」

「情報誌とか。あと、ネットとか。新聞にも載るよ」

席についてから、わたしたちはたくさん喋《しゃべ》った。楽しくて話しているわけではなく、間を埋めるため、口を動かしているだけだった。

照明が落ちると、ほっとした。


香月君との関係がおかしくなったのは、夏の終わりだった。

たまたま学校で飲み会に誘われた。女の子の人数が足りないから参加してくれと、友達の男の子が言ってきたのだ。

「それって、もしかして合コンなの」

尋ねると、彼は違うよと言った。

「そんなに大袈裟なもんじゃないって。何人かで飲み会をしようってことになってさ。どうせなら人数が多いほうがおもしろいだろう。それで、あちこち声をかけてたら、男ばっかりが集まっちゃったんだ」

「だったら男の子だけでやればいいじゃない」

「いや、それがさ、女の子も何人かいるんだよね。周りが男ばかりだと、彼女たちがかわいそうだろう。女の子同士でも、楽しくやって欲しいし」

「なるほど。そういうことね」

あまり深く考えず、わたしは参加することにした。大勢で飲むのも楽しいかもしれないと思ったし、香月君と出かけることが増えてから、お酒のおいしさがだんだんわかるようになっていたということもあった。まあ、たかが飲み会だ。

ところが店に行ってみると、友達が言っていたほど、たくさんの人が来ているわけではなかった。男の子が七人、女の子がわたしを入れて七人。しかも個室のように仕切られた空間で、照明は薄暗く、男の子と女の子が交互に腰かけていた。

「ほら、座ってよ」

席に案内しようとした友達に、わたしは言った。

「これって合コンじゃないの」

「思ったよりも人が集まらなくてさ」

「話が違う気がするんだけど」

まあまあ、と言って、彼はわたしの背中に手を置いた。軽く力を入れ、中に導こうとする。集まった人たちが、わたしのほうを見た。こんばんは、と声をかけてくる人もいる。明らかに合コンのノリだった。騙《だま》されたと思ったものの、今さら帰れる雰囲気ではなかった。ここで帰ってしまったら、空気が読めないと思われる。促されるまま、席に着いた。右隣も、左隣も、男の子だった。

「こんばんは」

どちらかが言った。

「こんばんは」

もう一方も言った。

わたしは頭を下げた。

「あの、こんばんは」

合コンは初めてじゃないけど、慣れているというわけでもない。彼らのノリに少し戸惑った。お酒が入ると、場の雰囲気はだんだん変わっていった。右隣の男の子はどこかに行ってしまい、左隣の男の子が熱心に話しかけてきた。最初は流行《はや》ってる音楽とか、学校のことだったけど、やがて付き合っている相手はいるのかと尋ねられた。

「いますよ」

「あ、そうなんだ。彼氏持ちなんだ」

大きな声と、高いテンションに戸惑う。

いをしてしまう。

「そいつと俺、どっちが格好《かっこう》いいかな」

こういう質問は困る。さあ、と首を傾《かし》げた。相手を傷つける勇気はなく、つい愛想笑いをしてしまう。

「ええ、はい」

彼は身を乗り出してきた。

「たとえばさ、俺が真面目に付き合ってくれって言ったら、どうする」

「どうしてそんなことを聞くんですか」

「俺、ゆきなちゃんのこと、タイプなんだよね。正直に言うと。いや本当に」

軽い誘いなんだから、軽く受け流すべきなのかもしれない。笑い話にしてしまうとか。だけど、できなかった。香月君でさえ、わたしのことをゆきなとか、ゆきなちゃんとは呼ばない。今も藤村のままだ。今日会ったばかりの人に、なぜそんなふうに呼ばれなければいけないんだろう。怒りなのか、憤《いきどお》りなのかわからないけど、顔が強《こわ》ばった。

「そうだ。電話をしなきゃいけなかったんだ。ごめんなさい」

嘘をついて、わたしはバッグに入れていた携帯電話を取り出した。そのまま立ち上がり、通路に出る。手に持った携帯電話を見ると、香月君からメールが届いていた。内容はたわいもないことで、今日の授業は眠かったなんて書いてあった。

愚痴を言いたくて、彼に電話をかけた。

「どうしたんだよ」

落ち着いた声に、ほっとした。

「参っちゃった」

「なにが」

「飲み会に来てるんだけど、隣に座った男の子がしつこいの」

間があった。一秒たった。二秒たった。

「飲み会って合コンなのか」

「あ、うん」

「なんでそんなところに行ってるわけ」

「友達に誘われて――」

「合コンなんて断ればいいだろう」

彼は早口だった。違うの、と心の中で、わたしは言った。合コンだなんて聞いてなかったの。もし聞いてたら来なかったよ。だけど言葉がすぐ出てこない。

「僕は藤村と付き合ってるんだと思ってた」

「わたしも――」

「合コンって付き合う相手を探すわけだろう。なぜそんなところに行ってるのか、まったくわからないんだけど。酒は飲んでるわけ」

「少し」

彼はため息をついた。回線を通して、はっきり聞こえた。

「帰って欲しい。今すぐに」

「え、そんなの無理だよ」

「どうして」

「だって、まだ途中だし、会計とかもしてないし」

「金なんて多めに置いてくればいい」

「やっぱり無理だよ」

場はけっこう盛り上がっていた。女の子を口説いている男の子もいるけど、普通に話すのを楽しんでいる人もいる。ここで勝手に帰るのは、なんだか気が引けた。いくらかお酒が入っていたせいもあったのかもしれない。わたし自身、雰囲気に流されていた。

「僕が帰ってくれって言っても駄目か」

「みんなに悪いし」

また間があった。一秒たった。二秒たった。十秒たっても、二十秒たっても、香月君は黙っていた。

「わかった」

ようやく声が聞こえてきたのは、一分以上過ぎてからだった。本当はもっと短かったのかもしれないけど、わたしにはそれくらいに感じられた。

「もういいよ」

いきなり電話は切れた。


スクリーンには美しいイギリスの田園風景が映し出されていた。子供はかわいく、ハヤブサとの交流は微笑《ほほえ》ましかった。すごくいい映画だと思ったけど、まったく集中できず、他のことばかり考えていた。

合コンなんて行くべきじゃなかった。だけど、わたしは飲み会だと聞いていた。仕方なかった。途中で帰るなんて、できるだろうか。その場の雰囲気を無視できるほど、わたしは強くない。香月君もこんなことで怒らなくてもいいのに。ああ、だけど怒るかも。もし香月君が合コンに出てたと知ったら、わたしだっていい気はしない。

心が揺れる。

ぐらぐらと。

定まらない。

やがて映画は終わり、わたしと香月君は席を立った。丸天井が珍しかったので、本当はしばらくその建物にいたかったけど、彼がさっさと出口に向かったので、ついていくしかなかった。ふたりで夜道を歩いた。言葉はほとんどなかった。

「映画、おもしろかったね」

縋《すが》るように、話しかけてみる。先を歩く香月君は、どうやら頷いたらしい。

「そうだな」

「田園風景がきれいだったね」

「ああ」

目頭が熱くなった。どうして香月君は振り向いてくれないんだろう。自分から話しかけてくれないのか。

彼が映画に誘ってくれたとき、わたしはほっとした。例の、合コンのことがあったあとだったので、仲直りのきっかけをもらえたと思ったのだ。あるいは、わたしが気にしてただけで、香月君はそれほど嫌がってなかったとか。なのに、いざ会ってみると、香月君の態度はひどくぎこちなかった。許してくれてないんだとしたら、どうしてわたしを誘ったりしたのかな。

彼はすぐそばにいる。尋ねればいい。だけど、できなかった。

「じゃあ、藤村」

地下鉄の入り口で、香月君は言った。

「あ、うん」

どういうこと。このまま帰っちゃうつもりなの。ご飯も食べてないのに。

戸惑うわたしをそのままにして、香月君は階段を下りていった。ひとり残されたわたしは、ただ立ち尽くすしかなかった。

どうして、と思う。どうして今日、わたしを誘ったの。


岩屋に閉じ込められた山椒魚は、わたしのようだった。わたしもまた、岩屋に閉じ込められているのだ。感情という名の、どうしようもない岩屋に。何度も『山椒魚』を読み返した。岩屋に閉じ込められた山椒魚は、わたしだった。出られないのは、わたしだった。どこにも行けないのは、わたしだった。


空の青が薄くなった。雲がずいぶん高いところを流れるようになった。晴れていても、たいして暑くなかった。

秋だった。

そんなころ、お父さんとお母さんが帰ってきた。玄関のドアを開けると、そこにお父さんが立っていた。

大きなスーツケースを手に持って。

「元気にしてたか」

お父さんは朗らかだった。元々、気のいい人なのだ。お兄ちゃんと少し似てる。あそこまで軽くはないけれど。

「うん」

わたしは頷いた。

「元気だよ」

それならよかった、と言って、お父さんは頷いた。お父さんはわたしの嘘に気づいたかな。いや気づかないだろうな。

わたしはちっとも元気じゃなかった。

食欲がないし、よく眠れないし、体重もだいぶ落ちた。恋愛がうまくいかないだけで、これほど自分が駄目になるとは思いもしなかった。この年になるまで、自分自身のことを、恋愛という行為に対して淡泊な人間だと感じていた。誰かを好きになったことはあるけれど、積極的な行動は取らなかったし、どうしようもなく振りまわされたことなんて一度もない。けれど、今のわたしは振りまわされていた。自分を見失っていた。たかが色恋じゃないの、と思ってみることもある。たいしたことじゃない、と。けれど、その直後、必ずため息が漏れた。

お父さんに続いて、お母さんも家に入ってきた。

「あら、いい服ね。ボタンがきれい」

わたしと顔を合わせるなり、お母さんはそう言った。

「もしかして貝ボタンかしら」

「あ、うん」

わたしが着ているシャツのボタンは、貝の殻を削って作ったものだ。独特の光沢があり、とても美しい。プラスチックのボタンとは風合《ふうあ》いが全然違う。

「ゆきなも貝ボタンの良さがわかるようになったのね」

お母さんはゆるりと首を傾げた。そういう気怠《けだる》い仕草が、やけに似合う人だったなと思い出した。

「髪を伸ばしてるのかしら。ずいぶん長くなったじゃないの」

「放っておくと伸びちゃうから」

駄目よ、とお母さんは言った。

「伸ばすのなら伸ばすで手入れしなきゃ。美容院くらい、ちゃんと行きなさい。毛先だけでも揃えないと」

「自分でできるよ」

「ものぐさなのね。女の子なのに」

ああ、と思った。どうしてわたしはこの人の娘なんだろう。会った瞬間から、肌が、心が、ざらざらする。わたしはお母さんのことが苦手だった。絶世の美人ではないし、派手でもないけど、お母さんはなぜか艶《なま》めかしい雰囲気をまとっている。どこか浮世離れした感じで、地に足がついてない。

あるいは、それは生まれのせいなのかもしれなかった。

お母さんはとても裕福な家庭に育った。お母さんのお父さん、つまりわたしのお祖父《じい》ちゃんは、伊万里《いまり》の近くにある町で会社を経営していた。地域の名士で、町議会の議長を務めたこともあるそうだ。そんな家庭で育てられたせいか、お母さんは生活のアクといったものを、ついぞ身につけなかった。

わたしが中学生のとき、お母さんは陶芸展に出かけ、小さな碗《わん》を買ってきた。地味な唐津焼《からつやき》だ。ただ、その値段は、お父さんが数カ月働いて、ようやく得るお金と同じくらいだった。

お父さんは碗を前に、顔をしかめた。

「困るよ。こんなものを買われても」

案外あっさり、お母さんは謝った。

「ごめんなさい」

「どうしても欲しかったのかい。惚《ほ》れ込《こ》んだんだったら、仕方ないけど」

「ええ、いいなと思って」

けれど、お母さんは碗を使いはしなかった。どこかにしまい込み、存在そのものを忘れてしまった。

そんなお母さんの行動を、お父さんはたいてい許した。お父さんにはお父さんなりの考えがあるのだろう。お母さんにはお母さんなりの考えがあるように。たとえわたしには理解できないことだとしても批判するつもりはない。わたしも二十歳を越え、生きるということの、どうしようもない面を少しは理解するようになっていた。

ただ、ため息が漏れるだけだ。

お兄ちゃんの三回忌があった日は、素晴らしい秋晴れだった。見上げた空には、雲ひとつない。

朝早く、家にお坊さんがやってきて、長い長いお経をあげてくれた。お兄ちゃんが死んだあと、奥の和室に、ずいぶん立派な仏壇が置かれた。その中には位牌《いはい》が納められている。位牌に記されたお兄ちゃんの戒名は『廉正院清心禎文居士』だ。ふさわしい気もするし、まったくふさわしくない気もする。その仏壇の前に、家族と、近くに住んでいる親戚《しんせき》が並んだ。

お坊さんの読経《どきょう》が終わったあと、順番に焼香していった。

二年というのは、短くもなければ、長くもない。忘れ去るには短すぎるし、いちいち思い出すには長すぎる。十年も二十年も前に亡くなった人なら、それほど重く感じないのかもしれない。年を取っての大往生なら、誰もが納得しただろう。けれど二年前、しかも若くして亡くなったとなると、悲愴《ひそう》さを振り切ることはできなかった。

まずお父さん、それからお母さん、次にわたしが焼香した。続いて、親戚の人たちだ。こういうのにも順番があるんだなと思った。大人たちはちゃんとわかっていて、自分の番が来るのを待っている。

異変に気づいたのは、伯父さんが焼香してるときだった。

いつの間にか、お兄ちゃんがわたしの横に座っていた。膝《ひざ》を揃えたお兄ちゃんは、ちゃんと喪服を着ており、数珠《じゅず》まで持っていた。顔つきは、神妙そのものだ。どうやら、お兄ちゃんの姿が見えているのは、わたしだけのようだ。もし他の人にも見えているのだとしたら、大騒ぎになるだろう。

なにしろ、死んだ当人が、自身の法事に参列しているのだから。

「お兄ちゃん、なんでいるの」

尋ねると、お兄ちゃんは唇に人差し指をあてた。黙っていろということらしい。

「なにしてるの」

我慢できず、また尋ねる。

お兄ちゃんは小さな声で言った。

「故人の冥福《めいふく》を祈りに来たんだ」

「あの、わかってると思うけど、お兄ちゃんの三回忌だよ」

お兄ちゃんは深々とため息をついた。わざとらしく、目尻《めじり》を押さえる振りなんかしてる。それから、ゆっくりと首を振った。

「実に惜しい人を亡くした」

「惜しい人……」

「長く生きれば、さぞかし立派なことを成し遂げただろう」

「立派なこと……」

「きっと世に尽くした」

さすがに呆《あき》れ果《は》て、わたしは言った。

「女の子をとっかえひっかえするのを、世に尽くすというのかしら」

「ゆきな、言葉には気をつけなさい」

「なによ」

「故人に対して、そんなことを言うもんじゃない」

なんなんだ、このへらず口は。親戚の人たちが焼香を済ませると、お兄ちゃんが進み出た。お坊さんに礼をして、それから遺族……わたしとお父さん、お母さんに頭を下げた。仏壇の前に座り、香をつまんで、炉に落とす。それをきっちり三回重ね、またお坊さんに頭を下げ、わたしとお父さんとお母さんに頭を下げ、隣に戻ってきた。

「いったいどういうつもりなの」

わたしの声は険《けわ》しかった。

「もしかして、ふざけてるわけ」

「法事なんだ。焼香くらいするさ。その程度の常識は、俺にだってある」

「話を逸《そ》らさないで」

抗議のつもりだったけど、お兄ちゃんはあっさり無視した。

「なあ、ゆきな、戒名が素晴らしいと思わないか。清廉の廉、正義の正、そして清い心。故人の人徳を窺《うかが》わせる。きっと女の子にモテたに違いない」

さすがに我慢しきれなくなり、声が大きくなった。

「お兄ちゃんは不謹慎だよ」

その場にいた全員が、わたしを見た。

しまった。

お兄ちゃんの姿が見えているのは、わたしだけなのだ。周囲からしたら、わたしがいきなり叫んだことになる。どう取《と》り繕《つくろ》っていいかわからず、わたしは慌てた。お兄ちゃんを睨《にら》んでみたものの、まったく応えてないらしく、口笛を吹く振りなんかしている。

仕方なく、すみませんと小さな声で言って、わたしは頭を下げた。

「おまえはさ、真面目すぎるんだよ」

法事が終わったあと、わたしは自分の部屋に戻った。ついてきたお兄ちゃんは、大いに笑った。

「あんな声で怒ることないだろう」

「お兄ちゃんが悪いんだよ」

「なんで」

「絶対におかしいよ。お兄ちゃんの三回忌なんだよ」

だってさ、とお兄ちゃんは言った。兄妹なのですぐにわかった。この顔は、屁理屈《へりくつ》を言うときの顔だ。いつもより、ほんのちょっと目が細い。

「俺が死んで一番悲しいのは、俺自身だろう。おまえや、父さんや母さんも悲しかったと思うよ。なにしろ愛する家族が死んだわけだからさ。だけど俺は自身の人生が終わったんだ。焼香くらいはさせてくれよ」

よくもまあ、こんなことをぬけぬけと言えるものだ。死者に対して不謹慎ではないか。もっとも、死者とは、お兄ちゃん自身だけど。

反論するかどうか迷った末、わたしは尋ねた。

「どうして他の人にはお兄ちゃんが見えないの」

「いや、最近、いろいろできることに気づいたんだ」

ほら、と言った途端、お兄ちゃんは消えた。すぐ現れた。また消えた。現れた。何回か繰り返したあと、にっこり笑った。

「すごいだろう」

その得意気な顔を見ていたら、腹が立ってきた。

「もういい」

「え、なにそれ」

「お兄ちゃんと話すのが、なんだか面倒臭くなってきた」

「ちょっと待て」

「待ちません」

「なんで敬語なんだ」

「出ていって下さい」

「どうして」

「着替えるから」

いつまでも喪服なんか着ていたくない。

「ほら、脱ぐよ」

「わかった。わかったって」

お兄ちゃんは慌てて部屋を出ていった。こういうところだけは、妙にきっちりしているのだ。背中に手をまわし、ホックを外《はず》す。三回忌は死者を悼むための儀式だ。それはおそらく、生きているもののためでもある。残されたものが、心の整理をつけ、自らの生を確認するのだ。そんな大切な儀式も、お兄ちゃんのせいで台無しになってしまった。

ジッパーを下ろしたら、薄い喪服はするりと、足もとに落ちた。

「え、もう帰るの」

「すぐ向こうには戻らないよ。せっかく日本に来たんだから、しばらく温泉巡りでもしてみようと思ってるんだ」

わたしの問いに、お父さんはそう答えた。

「温泉か。いいね」

「向こうにも温泉はあるんだけど、裸で浸かるという習慣はないんだな。温泉から湧《わ》き出《で》るお湯を飲むくらいだ」

「ふうん。もったいないね」

「そうなんだ。もったいないんだ」

法事があった次の日、わたしとお父さんはテーブルで向かい合って、栗《くり》の皮を剝《む》いていた。栗は伯父さんが持ってきてくれたものだった。実に立派で、粒が大きく、その皮は艶々《つやつや》と光っていた。

「温泉、どこに行くの」

「まずは草津《くさつ》かな。しばらく滞在して、次の場所を考えるよ」

「優雅だね」

「人生を楽しんでるんだ」

お父さんはにっこりと笑った。この笑顔が一番、お兄ちゃんに似てる。

包丁を器用に使って、お父さんは固い皮を剝がした。手つきが見事だった。皮はあっさりとはずれ、実が現れる。わたしも真似《まね》してみたけど、お父さんのようには、うまくできなかった。手を切りそうになってしまい、慌てた。

「ゆきなは相変わらず不器用だな」

「難しいよ、これ」

あ、また失敗した。

「どうしたら、そんなにうまく剝けるの」

「簡単だよ。手首のスナップを利かせるんだ」

お父さんはまた包丁をくるりとまわした。皮がはずれ、新聞紙の上に落ちる。

「こんな感じかしら」

「そうそう、そんな感じだ」

けれど失敗した。お父さんは軽く包丁を捻《ひね》るだけで皮がはずれるのに、わたしはそんなふうにはできなかった。

「なあ、ゆきな」

「なに」

「そのうち、お母さんとじっくり話してみないか。お母さんもたぶん、話したがってると思うんだ」

「どういうこと、思うって」

「ちゃんと確認したわけじゃない。だけど夫婦だから、なんとなくわかる。お母さんだって、ゆきなのことを気にしてるんだよ。子供のことを嫌いな親なんていない」

お父さんが包丁を動かす。皮がぽとりと落ちる。

「ゆきながお母さんのことを簡単に許せないのはわかる。でも、父さんはそういうのが辛いんだ。母さんは僕の妻だし、ゆきなは僕の娘だ。仲良くして欲しい」

思うより先に、言葉が出ていた。

「わたしには、どうしてお父さんがお母さんを許せるのかわからない」

「そうか」

「だって、おかしいよ。お母さんはお父さんを裏切ったんだよ。なんで受け入れられるの。一番辛い思いをしたのはお父さんじゃない。夫婦って……人間関係って、信頼がすべてでしょう。一度でも壊れちゃったら終わりだよ」

お父さんはしばらく黙っていた。

「終わりじゃない」

そんな言葉がお父さんの口から漏れたのは、ずいぶんたってからだった。栗を五個か六個、剝いたころだ。

「人はどこからだってやり直せるさ」

「きれいごとだよ、そんなの」

ゆきな、とお父さんは言った。

「僕と母さんだって、ずいぶんと悩んだ。僕よりも、むしろ母さんのほうが苦しんだだろう。ゆきなの言うように、僕たちはきれいごとを振りまわしているのかもしれない。断固として否定するつもりはないよ。だけど、これだけはわかって欲しい。僕は今も母さんが好きなんだ」

なぜか香月君の顔が浮かんだ。わたしと香月君の関係は壊れてしまったんだろうか。それとも、まだ戻れるんだろうか。彼のことは、今も好きだ。時々、体を重ねたときのことを思い出す。とても幸せだった。このまま世界が終わってしまってもいいとさえ思った。なのに今、わたしは香月君と素直に話せない。

「栗って面倒臭いね。おいしいけど、ここまでして食べるほどじゃないと思う。これから渋皮を剝かなきゃいけないし」

「父さんは好きだよ」

「食べるのが好きなの。それとも剝くのが好きなの」

「両方だな。手間をかければかけるほど、食べ物はおいしく感じられるんだ。そういうものだろう」

「お父さんって変わってるね」

「子供のころから食べてるってのもあるかな。秋になると、家族総出で栗の木の下に集まるんだよ。どうやって硬いイガを剝くか、ゆきな、知ってるか」

ううん、とわたしは首を振った。

「どうやってやるの」

「踏むんだ」

「え、踏むって」

「そのままの意味だよ。長靴を履いてね、イガを両足で交互に踏む。そうすると、けっこう簡単に剝けるんだ。普通の靴だと駄目なんだな。栗のイガってのはたいしたもので、底の薄い靴だと突き抜けてくる。だから長靴じゃなきゃいけない」

「そこまでして人は栗を食べるんだね」

「おいしいんだよ、栗は」

わたしとお父さんはひたすら栗の皮を剝いた。

「あら、栗じゃないの」

途中からお母さんもやってきて、三人で夢中になった。お兄ちゃんも現れた。空いた椅子《いす》に座り、頬杖《ほおづえ》なんかついて、わたしたちを見守っていた。一時間ほどで、すべての皮を剝き終えた。新聞紙の上に栗の山ができた。ちょっとした達成感だ。

「今日は栗ご飯を炊こう」

と、お父さんが言った。

「おいしそうね」

と、お母さんが言った。

「本当は俺が作りたいな。せっかくの栗ご飯なんだし。だけど俺が姿を現すと、父さんたちがびっくりするから我慢するか」

と、お兄ちゃんが言った。

家族全員がここに揃っている。みんな、おいしい栗ご飯のことを考えている。

栗ご飯をたくさん食べた。お腹がいっぱいになった。姿を現せないお兄ちゃんも食卓につき、わたしたち家族が食べる姿を見ていた。お兄ちゃんは笑っていた気がする。そう思えただけかもしれないけど。もちろん、お父さんとお母さんは気づいていなかった。それでも、確かに、家族全員がちゃんと揃っていたのだ。

「自分だけ食べられないのは辛いな」

わたしが部屋に引っ込むなり、お兄ちゃんはそう言った。わたしのあとに、しっかりついてきたのだ。

「あとで食べればいいんじゃないの」

「炊きたてを逃したのは悔しすぎるだろう。栗ご飯だぞ。ご馳走《ちそう》じゃないか」

顔をしかめながら、お兄ちゃんは部屋から出ていこうとしたけど、ドアノブに手を伸ばしたところで立ち止まった。

「井伏鱒二の『山椒魚』を読んでたよな」

「あ、うん」

「どうだった」

「うらやましかった」

「なんでだよ。うらやましいって話じゃないだろう」

「ほら、山椒魚も蛙も穴から出なかったでしょう。だけど、蛙の最後の台詞《せりふ》って、ある種の許しだと思うの」

香月君の顔が浮かんだ。なぜ、こんなことを話そうとしたんだろう。慌てて言葉を切り、わたしは黙り込んだ。

お兄ちゃんが首を傾げた。

「おまえ、間違ってるぞ。山椒魚と蛙って最後まで喧嘩《けんか》したままだっただろう」

「え、違うよ」

「そうだって。睨み合ったまま――」

あ、そうか、とお兄ちゃんが漏らした。

「なによ」

「思い出したぞ。俺とおまえが読んだのって、たぶん結末が違うんだ」

「違うって、どういうこと」

「井伏鱒二は『山椒魚』を書き直したって聞いたことがある。ええと、最後のほうを、大幅に削ったんじゃないかな」

「でも、この本、お兄ちゃんの部屋から持ってきたものだよ」

「井伏鱒二は何冊か持ってる。これだけじゃない」

「どちらが最後なの」

「最後って」

「井伏鱒二が最後に残したのはどちらなのかってこと」

「俺が読んだ方だと思う」

お兄ちゃんは、削った場所を教えてくれた。読み返したわたしは唖然《あぜん》とした。意味がまったく違ってしまう。どうしてこんな改変をしたんだろう。

「お兄ちゃんはどちらが好きなの」

「削る前だな。おまえはどちらだ」

迷った。

「削ったあとかも」

今はそんな気持ちだった。


夜がだいぶ更けたころ、携帯電話が鳴った。香月君かと思い、わたしは慌てて携帯電話を手に取った。しかし背面にある小さな液晶画面に表示されていたのは、紺野君の名前だった。すっかり気が抜けた。

「どうしたの」

出た声も気が抜けている。

「ごめん、藤村」

紺野君はいきなり謝った。

「どうしてごめんなの」

「いや、俺の勝手だからさ。藤村に迷惑かけるのが悪くって。本当にごめん。こんな電話、本当はかけるべきじゃないんだ。わかってるんだけど、誰かと話したくて。藤村の顔しか浮かばなかった」

「どういうこと」

「マキにふられた」

「え、まさか」

「他に好きな男ができたんだってさ」

紺野君はろれつが怪しかった。ずいぶん危うい感じがする。たぶん飲んでいるのだろうけど、お酒ではなく、別のなにかに揺さぶられているのかもしれなかった。

「今回は本当に参ったよ」

参っているのは、わたしも同じだった。電話の向こうにいる紺野君の姿を思い浮かべた。わたしたちは共に傷ついていた。同じ場所に立っていた。岩屋に閉じ込められた山椒魚と、蛙のように。だからこそ、彼の辛さがよくわかった。

「紺野君、どこにいるの」

彼が告げた場所は、それほど遠くじゃなかった。まだ電車は動いているから、三十分かそこらで着けるだろう。

「そこにいて」

「どういうことだよ」

「すぐに行くから」

「いや、いいよ。こんなふうに電話で愚痴を聞いてもらうだけで十分だって」

「大丈夫。行くから」

電話を切ったあと、服を着替えた。迷った末、買ったばかりのスカートを穿《は》いた。化粧をしながら、鏡で自分を確かめた。わたしの目は、どこか遠くを、見えるはずのない場所を見ようとしていた。

山椒魚は結局、どうしたんだろう。蛙は許したのか、許さなかったのか。

わからないまま、わたしは家を出た。

第七話

山椒魚（改変後）

井伏鱒二の『山椒魚《さんしょううお》』を読んでいたら、電車が大きく揺れた。シートの端に座っていたわたしは、手すりに身を預けた。頬《ほお》に触れた銀色のそれは、ひんやりとしていた。そのまま本を読み続ける。ただ文字を追う。お兄ちゃんの言っていた通り、『山椒魚』は最後が改変されていた。わたしはひどく戸惑った。これでは物語の意味がまったく違ってしまうではないか。

最後の一行を、何度も何度も読んでから、本を閉じた。深夜の、都心に向かう電車は空《す》いている。同じ車両にいるのは、わたしを含めて三人だけだ。携帯電話をいじっている若い男の子がひとり、楽譜を覗《のぞ》き込《こ》んでいる白髪混じりの女の人がひとり。彼らはとても孤独に見えた。わたしもきっと、同じような顔をしているんだろう。

こんな夜遅く、わたしは紺野君に会いにいく。

買ったばかりのスカートを穿《は》いて。

自分がなにを考えているのかわからなかった。ただ混乱するばかりだ。仕方なく、わたしはふたたび本を開いた。井伏鱒二がまとめた自選集だ。この本は、お兄ちゃんの部屋から持ってきた。どこかに出かけているらしく、お兄ちゃんはいなかった。きっと女の子と会っているんだろう。鳴子さんか。あるいは別の子か。

一度、尋ねてみたことがある。

「お兄ちゃんってさ、女の子とばかり遊んでるでしょう。どうしてなの」

「そんなことを言われても困るな」

あれはいつだったろうか。

お兄ちゃんは紺色のブレザーを着てたっけ。ということは、おそらく、お兄ちゃんが高校生のときに違いない。紺色のブレザーは高校時代の制服だ。

お兄ちゃんは伊勢の高校に通っていた。お母さんについていったのだ。

ブレザー姿のお兄ちゃんが、なぜ家にいたのか覚えていない。たまたま制服のまま帰ってきたことがあったんだろう。

「学校なんかだと、男の子はたいてい男の子同士で集まってるよ。お兄ちゃんみたいなタイプは珍しいと思うんだけど」

そう指摘すると、お兄ちゃんはわざとらしく腕を組んだ。

「俺《おれ》からしたら、そのほうが不思議だよ。男同士で集まって、なにが楽しいんだか」

「気楽なんじゃないの」

「男同士って、むしろ面倒臭いよ」

「面倒臭いって、どういうこと」

「変な意地を張っちゃうことがあるんだよな。心の底まで晒《さら》せないっていうかさ。異性だと甘えられるだろう」

わからないでもなかった。女の子同士で遊んだり、話したりするのは楽しい。けれど同性にはどこか壁みたいなものがあって、お兄ちゃんの言うように、心の底までは晒せないときがある。

ああ、あれだけお兄ちゃんの無節操さを責めてきたのに、わたしだって同じなのかもしれない……。

わたしはお母さんのことを思い出した。お母さんが犯した間違いとか、気怠《けだる》げな仕草とか、ゆるりと響く声とか。結局、お兄ちゃんも、わたしも、お母さんの血を引いているんだろう。わたしには、香月君という恋人がいる。心も、体も、許してきた。なのに、他の男の子に会うため、わたしはこの電車に乗っているのだ。

山椒魚と蛙《かえる》は、ひとつの岩屋に閉じ込められたままだった。互いを無視しつつ、はっきりと見つめていた。

まるでわたしと香月君のように。

電車はガタンゴトンと揺れながら、走り続けている。男の子は携帯電話をいじったままだ。白髪混じりの女の人は、開いた楽譜の表面を、右手の人差し指でトントントントンと叩いている。彼女の耳には今、音楽が聞こえているのかもしれない。

紺野君は約束の場所で待っていた。駅構内の、薄汚れた階段に座り、薄汚れた天井を眺めていた。

「紺野君」

声をかけると、彼はいきなり謝った。

「ごめん。藤村」

「どうして謝るの」

「いや、だって、俺はおまえに迷惑をかけてるから」

「迷惑じゃないよ」

紺野君は笑ったものの、その無理矢理の表情は、すぐに消えてしまった。慌てた様子で顔を伏せる。泣きそうな顔を見られたくないんだ。たまらない気持ちになって、わたしは彼の隣に座った。

「本当に迷惑じゃないから」

「そうか」

「気にしないで」

「ありがとう」

彼は丁寧《ていねい》に礼を言った。呟《つぶや》くような響きが心に落ち、ゆっくり、ゆっくり、波紋が広がっていった。

マキちゃんとのあいだでなにがあったのか、紺野君は教えてくれた。ちっとも特別なことじゃなくて、どこにでもあるような男女の諍《いさか》いだ。どうやらマキちゃんは、他にも好きな男の子がいたらしい。相手の男の子はマキちゃんの幼馴染《おさななじ》みで、何度も別れたり、ヨリを戻したりしてたそうだ。

「参ったよ」

紺野君の声はどんどん細くなっていった。すべてバレたあとも、マキちゃんは決して謝らなかったそうだ。

「本当に参った」

やがて紺色の帽子をかぶった駅員がやってきて、わたしたちに声をかけてきた。

「もうすぐ終電ですよ。しばらくしたら、ここはシャッターが下ります」

「中央線はまだ、動いてますか」

応じたのは紺野君だった。

「大丈夫ですよ。最終の便は、あと十分ほどで出ます。急いでください」

「ありがとうございます」

紺野君が頭を下げると、駅員も一礼して去っていった。

また、わたしたちだけになった。

「どうしようか」

「紺野君、西荻《にしおぎ》に住んでるんだっけ。今なら帰れるね」

「藤村は無理だろう」

「そうだけど」

「こんな街に藤村だけ置いてけないよ」

わたしたちは黙り込んだ。同じ言葉を思い浮かべているのだとわかった。彼がその言葉を口にしたら、わたしは頷《うなず》くのだろう。それからどうなるのか、決まっているも同然だった。わたしたちは互いに傷ついていて、誰かの優しさやぬくもりを求めていた。

流されていく自分を感じた。

間違ってるとわかっていた。

香月君のことを少し考えた。

目の前を何組もの恋人たちが通り過ぎていく。彼らはとても楽しそうで、その顔には笑みがあった。わたしたちも同じような恋人同士に見えるんだろうか。

「藤村――」

紺野君がついに、その言葉を口にしようとしたとき、わたしは目を疑った。目の前を、なんと、お兄ちゃんが通りかかったのだ。きれいな女の子の腰を抱き、これから彼女の部屋へ一緒に帰るといったふう。

「あれ、ゆきなじゃないか」

お兄ちゃんは立ち止まると、そう言った。腰を抱かれていた女の子が、怪訝《けげん》そうな顔をする。誰《だれ》なのって感じ。

彼女の反応に気づいたお兄ちゃんは、慌てて言った。

「ああ、妹なんだ」

「ふうん」

「本当だって」

女の子は、お兄ちゃんから体を離した。

「わたし、ひとりで帰る」

「え、なんでだよ」

「ついてこないで」

見事な三文芝居を演じ、女の子は去っていった。残されたお兄ちゃんは、彼女の背中と、わたしの顔を見たあと、信じられないという顔をした。

わたしは目を細くし、お兄ちゃんを睨《にら》んでおいた。

こんなところで、お兄ちゃんに偶然会うわけがない。何百万もの人が利用する駅だし、今は深夜だ。考えられる可能性は、ひとつだけだった。お兄ちゃんは、わたしについてきたんだろう。夜遅く出かけるわたしを心配したのかもしれないし、あるいは紺野君と電話で話すのを聞いていたのかもしれない。去っていった女の子は、知り合いか、あるいはナンパでもしたのか。

「ええと、あの」

紺野君が戸惑った声を出した。わたしとお兄ちゃんの顔を、交互に見ている。すごく申し訳ない気持ちになった。彼は恋人に裏切られ、心を傷つけている。なのに、お兄ちゃんときたら、呑気《のんき》な顔で突っ立っているのだ。仕方なく、わたしは紹介した。

「わたしのお兄ちゃん」

「ああ、例の——」

頷いた紺野君の反応を、お兄ちゃんは見逃さなかった。

「なんだよ、例のって」

頭の中でいろいろ巡らせてから、必要なことだけ口にした。

「同じ学校の紺野君。前にお兄ちゃんのことを少しだけ話したことがあるの」

「へえ、なんて言ったんだ」

「たいしたことじゃないよ。わたしにお兄ちゃんがいるってことだけ」

わたしは嘘《うそ》をついた。いちいち説明するのは面倒臭かったし、本当のことを教えたくないという気持ちもあった。

「ふうん」

頷いたあと、お兄ちゃんは紺野君の隣にすとんと座った。兄と妹に挟まれる形になった紺野君は、いくらか戸惑っているようだ。当たり前だけど。

「あの、どうも。紺野です」

「ゆきなの兄です。名前は禎文だけど、どう呼んでもらってもかまわないよ」

「あ、はい」

頷いた紺野君は、お兄ちゃんの姿をじっくり眺めた。それから、わたしのほうを向き、苦笑いを浮かべた。

「藤村の言った通りだ」

言葉の調子で、どういう意味なのか、ちゃんとわかった。前に紺野君とお兄ちゃんが似ていると話したことがあった。お兄ちゃんの方がモテるとも。お兄ちゃんと対面した紺野君は、それを実感したらしい。

「参ったな。やっぱりかなわないよ」

お兄ちゃんが会話に割り込んできた。

「おい、ゆきな、なに話してるんだよ」

「たいしたことじゃないって」

「そうなのかな」

お兄ちゃんは紺野君に尋ねた。会ってから数分しかたってないのに、実に気楽な調子だ。人と人との関係で、お兄ちゃんが臆《おく》したり怯《ひる》んだりすることはまずない。相手がどれほど偉くても飄々《ひょうひょう》としている。その態度を不真面目だと怒る人もいるけど、わたしはそう思わなかった。人間なんて、どんな肩書きがついていようが、人としての尊さが変わるわけではないのだ。尊いとか、尊くないとかは、別のところにある。お兄ちゃんはそれを知っているだけだ。

「ええ、たいしたことじゃないです」

紺野君は頷いた。

「俺が女に二股《ふたまた》かけられただけです」

「いや、それはたいしたことだと思うよ。どれくらい付き合ってたわけ」

「半年くらいですね」

「ああ、長いね」

「そうなんです。長いんです」

「ちょっと待って」

わたしはつい口を挟んでしまった。男の子ふたりが、怪訝そうな目で見てくる。

「付き合ってる場合、半年って長いとは思えないんだけど。むしろ短いよ」

「普通はそうかもしれないな」

お兄ちゃんは言った。

同じように紺野君も言った。

「まあ、普通はそうですね」

なんなんだ、このふたりは。すっかりわかりあったふうではないか。改めて、自分の感覚を確かめてみる。おかしいのは彼らなのか、それとも自分なのか。結論を出すのに、三十秒くらいかかってしまった。

「あなたたちは間違ってると思います」

はっきり告げたところ、ふたりは揃《そろ》って頷いた。首の動きがまったく同じだった。そして彼らは、その通りだと口にした。

わたしは心底、呆《あき》れてしまった。

「半年なんて、あっという間でしょう。それが長いなんて、やっぱりおかしいよ」

「おまえの言い分はもっともだし、俺たちは否定してない。ちゃんとわかってる。だから、そんなに責めないでくれ」

お兄ちゃんは実に情けない顔をしていた。目尻《めじり》が下がっている。紺野君も、まったく同じ角度で目尻が下がっていた。

それからふたりは、わたしを放り出して、熱い恋愛論を語りだした。

「やっぱり、失恋はきついですね」

「それはきついよ」

「マキのこと、かなり好きだったんです」

「ああ、マキちゃんっていうんだ」

「そうです。名前も気に入ってたんですよね。正直、自分がこんなにショックを受けるとは思ってなかったです。どこかに遊びも入ってるもんでしょう。こっちだって、きれいな体ってわけじゃないし」

「わかるよ。そうやって、どこかでバランスを取ってる気になってるんだよな。だけど、実は全然取れてなくて、倒れたら頭をもろにぶつけちゃう」

「そうです。そんな感じです」

「まあ、でも、俺はいいと思うよ。二回か三回……いや、もっとかな、実際に頭をぶつけないとわからないことがあるし」

「そんなもんですかね」

「うん。そんなもんだよ」

お兄ちゃんと紺野君は面倒なことばかり話していて、口を挟むことができなかった。呆れながら、時に感心しながら、聞くしかなかった。やがて少し寒くなってきたので、わたしたちは深夜営業のファストフード店に移動したけど、そこでもふたりの熱い恋愛論は続いた。他の話題はいっさいなかった。政治も、経済も、社会の仕組みも、どうでもいいらしい。空が白み始めるころ、彼らは完全に意気投合していた。

「紺野君、今度、一緒に飲もう」

「お願いします」

「かわいい子をナンパしよう」

「いいですね」

なぜナンパなんだろう。やっぱり、このふたりはおかしい。やがて駅のほうから電車の音が聞こえてきた。始発が動き始めたんだろう。ふたりの男の子は立ち上がった。

「至らない妹だが、よろしく頼むよ」

「いや、僕も至らないですから」

お願いがあるんだ、と丁寧な口調で、お兄ちゃんは言った。

「僕の妹を、ゆきなを、傷つけないでくれないか」

「心します」

紺野君はしっかりと頷いた。

「ありがとう」

お兄ちゃんは丁寧に礼を言った。

店を出て、わたしたちは駅に向かった。早起きのビジネスマンを見かけると、無為に夜を過ごしたことが疚《やま》しく思えた。

わたしはうつむき、揺れるスカートの裾《すそ》を見た。

もしお兄ちゃんが現れなかったら、昨晩はずいぶんと違った夜になっただろう。後悔したかもしれない。溺《おぼ》れたかもしれない。自分がちっともきれいじゃないと思い知ったかもしれない。わたしはそれを望んでいたのではないか。

「また」

「じゃあ」

「今度」

それぞれに言いながら、紺野君と別れ、お兄ちゃんと一緒に、郊外に向かう列車に乗った。電車は空っぽで、わたしとお兄ちゃんだけだった。

「お兄ちゃん」

「なんだ」

「わたし、お兄ちゃんのことがちょっと嫌いだよ」

ガタンゴトンと電車が揺れる。三秒くらいたったころ、お兄ちゃんは言った。

「知ってる」

「だけど感謝してるところもあるよ」

「それも知ってる」

わたしたちは、同じ空間を見つめていた。確かめなくてもわかった。

「わたし、傷つきたかったんだ」

お兄ちゃんは黙っていた。

「ひどい目にあいたかったんだ」

どうして、お兄ちゃんはなにも言わないんだろう。

「汚れたかったんだ」

ひとつ、駅が過ぎる。ふたつ、駅が過ぎる。何人かが乗ってきて、何人かが降りる。

わたしは両手で顔を覆《おお》った。

「あのまま紺野君と一緒に――」

「ゆきな、黙ってろ」

「そうなったら、香月君とは終わりだと思う。だって、それは裏切りだし――」

「黙れって言ってるだろう」

お兄ちゃんの声が強くなった。まるで命令のよう。わたしたちは互いの顔を見た。だって、とわたしは言った。

「わたしはお母さんの娘なんだよ。その血を引いてるんだよ」

お兄ちゃんが悲しそうな顔をしたように思えたのは、気のせいだろうか。あるいは、やたらと白い朝の光のせいだろうか。

「おまえは母さんと違うよ」

お兄ちゃんは言った。

「おまえは俺とも違うよ」

お母さんには、若いころからの夢があった。学校の図書館で、司書として働きたかったのだ。大学で教員と司書の資格を取り、ちゃんと準備を進めていたらしい。ところが、在学中にお父さんと知り合い、卒業と同時に結婚してしまったせいで、その夢は叶《かな》えられないままになった。お母さんがふたたび夢を追ったのは、わたしが中学生のときだった。伊勢の高校で司書の募集があって、たまたまそれを見つけたお母さんは試しに応募した。競争率は数十倍だったから、誰も受かるなんて思ってなかった。ところが、受かってしまった。

「君はどうしたいんだい」

採用通知を前に、お父さんとお母さんは話し合った。

「僕は君の意志を尊重するよ」

「そうねえ、働きたいわねえ。だって、こんな機会、滅多にないもの」

「君はひとりになってしまうぞ」

「臨時雇用だから、一年間だけよ。すぐ帰ってくるわ。単身赴任ってところね」

本当は悩むところもあったのかもしれないけど、お父さんは受け入れた。

「そうか。じゃあ行ってきなさい」

家族の誰もが不安を抱えることになった。お母さんはひとりにできる人ではなかった。

一度も独立して暮らしたことなどなく、かつては裕福な実家に、今はお父さんに守られ、生きてきた。外で働くなんて、できるんだろうか。誰もがどうにかしなければと思ったものの、お父さんには仕事があったし、わたしは中学生だった。なんとか動けたのは、お兄ちゃんだけだった。

「大丈夫。俺が行くよ」

転校のための試験や、そのための手続きを済ませてから、お父さんに告げた。

「それしかないだろう」

「禎文に頼んでいいのか」

「父さんが会社を辞めてでもお母さんについていきたいと思ってるのは知ってるよ。だけど、父さんが仕事を辞めたら、俺たちはすぐ生活に困るだろう」

「一年くらいならなんとかなるぞ」

そう言ったのは、お父さんなりの足掻《あが》きだったのだろうか。いろんなことを考えながら、けれどなにも口に出すことができず、わたしはソファに座っていた。膝《ひざ》の上で、悲しいくらい小さな手を握っていた。

「一年で戻れるとは限らないよ。延長の可能性だってあるそうだし。お父さんは働いてくれよ。俺がついていくから」

「受験はどうするんだ。転校するとなったら、それだけで大変じゃないか」

なんとかなるよ、とお兄ちゃんは言った。

「どこに行ったって受験勉強くらいできるさ。俺、わりと勉強はできるほうなんだ」

ああ、お兄ちゃんはどうして、あんなにしっかりしていたんだろう。お父さんとお兄ちゃんは、痛みをちゃんと分け合っていた。

お父さんは頭を下げた。

「すまんな、禎文。母さんを頼む」

そうして、お母さんとお兄ちゃんは、伊勢に移り住んだ。お兄ちゃんがついていくと決まったことで、みんな安心していた。これで大丈夫だろう、と。けれどお母さんは、わたしたちが考えていた以上にどうしようもない人だった。半年もたたないうちに、お母さんは伊勢で恋人を作った。それはすぐに露呈した。お母さんは秘密を持つことができない人間だった。

休みの日、家に帰ってきたお母さんの携帯電話に、伊勢の恋人から電話がかかってきた。わたしたちは夕食を摂《と》っていた。久しぶりに家族が揃ったので、ごちそうが並んでいた。携帯電話は鳴り続けているのに、お母さんは出ようとしなかった。

「電話だよ」

お父さんは言った。

「出なくていいのか」

「ええ」

たったそれだけの会話で、家族全員が事情を悟《さと》った。電話の音を聞きながら、わたしたちは食事を続けた。仲のいい家族を演じた。

本当はもう、すべてが壊れていたというのに。

わたしは『山椒魚』を読み続けた。山椒魚と蛙はいがみ合っていた。憎みもしたはずだ。井伏鱒二本人による改変は、その関係になにをもたらしたのか。今のわたしは、山椒魚だ。感情という名の岩屋に、閉じ込められている。改変前の作品と、改変後の作品を、ひたすら読み比べた。答えは得られず、ため息ばかりが漏れた。

朝起きると、お兄ちゃんがリビングにいた。家にいるときは、たいていだらしない格《かっ》好《こう》をしているのに、妙に小綺麗《こぎれい》だった。

「どうしたの、お兄ちゃん」

「朝ご飯、食べるだろう」

「食べるけど」

「ちょっと待ってろ」

卵をふたつ使って、お兄ちゃんはオムレツを作った。ぽんぽん、とフライパンの柄を叩《たた》いて作ったオムレツは、とてもきれいな形をしていた。トースト、レタスとラディッシュのサラダ。立派な朝食だ。

「ゆきな、俺の部屋に来てくれないか」

食べ終わったあと、お兄ちゃんが言った。

「手伝ってほしいことがあるんだ」

「いいけど、なにを手伝うの」

「ええと、たぶん楽しいよ。いや、きっと楽しいよ。うん、かなり楽しいよ」

「なにそれ」

「いいから、頼まれてくれ」

よくわからないまま、お兄ちゃんの部屋に移動する。壁一面の本棚にはぎっしり古い本が詰まっているし、床にもたくさん積み上げてある。

「さて、ここに本貯金がある」

「本貯金ってなに」

「浪費するのが嫌だから、使うアテのない金を、読んでた本に挟んだんだ。全部集めたら、けっこうな額になると思う」

「あ、わたし、前に見つけたことがあるよ。たまたま開いた本にお札が挟んであったから、びっくりした」

なるほど。それで本貯金というわけか。

「その本、なんだったか覚えてるか」

「三島の『潮騒《しおさい》』だったと思う」

潮騒潮騒、と呟きながら、お兄ちゃんは本棚を覗き込んだ。すぐに見つけ、ぱらぱらと捲《めく》る。

「あったぞ」

お兄ちゃんはにっこり笑った。千円札を一枚、手に持っていた。

「さあ捜そうぜ」

棚の右端と左端に分かれ、本を引っ張り出しては、ページを捲っていった。

「おまえ、偉いな」

本を手にしつつ、お兄ちゃんは言った。

「見つけた千円、使わなかったんだな」

「だって、お兄ちゃんのだもの」

「俺は生きてたのか。死んでたのか」

「死んでたと思う」

「俺だったら、死んだ人間の金なんて、勝手に使っちゃうな。――お、見つけた」

また千円札が一枚。

「なにに挟んであったの」

「プレヴォの『マノン・レスコー』だよ」

「それ、読んだことない」

「はっきり覚えてないけど、わりとおもしろかったと思うぞ」

「ふうん」

「お、また見つけた」

お兄ちゃんばかり見つけるので、だんだん悔しくなってきた。

「どの本に挟んだか覚えてるんじゃないの」

「そんなことないって」

「わたし、ちっとも見つけられないよ」

と言っていたところ、ようやくわたしも見つけた。コルネイユの『嘘つき男』の七十二ページ目に千円札が挟んであった。

「あった。見つけた」

「これで三千円だな」

本に隠されたお金を捜すのは楽しく、わたしたちは夢中になった。一生懸命、本を捲り続けた。本棚の右端と左端にいたわたしたちは、だんだん近づいていった。『ボヴァリー夫人』に千円札が一枚。『ゴリオ爺《じい》さん』に五千円札が一枚。『極楽寺門前』に千円札が一枚。そしてなんと、『影の獄にて』には、一万円札が挟んであった。

「すごいぞ、ゆきな」

一万円札を高く掲げたわたしに、お兄ちゃんは言った。

えへへ、と笑っておく。

「お兄ちゃん、よく一万円も挟んだね」

「ちゃんと覚えてる。その本は短編集なんだけど、二話目の『種子と蒔《ま》く者』がすごくおもしろくてさ。その対価として、一万円札を挟んだんだ」

「どんな話なの」

「人は誰かの心に種を蒔く。その種はやがて芽吹き、育ち、実をつける。実ってのは、要するに種だ。新たな種は、今度は別の人の心に蒔かれる。そうして思いは繋《つな》がっていくんだ」

なにかが響いたけれど、じっくり確かめる前に、千円札を見つけた。同時に、お兄ちゃんも見つけた。それぞれ千円札を持ったまま、誇らしげに笑った。

「思い出した。どこかにトゥーサンの『浴室』があるはずだ。英語版のペーパーバックだ。あれにも一万円が挟んである」

「トゥーサンね。フランスの人だっけ」

「そうだよ。フランス語はさすがに無理だから、英語で読んでみようと思って、わざわざ取り寄せたんだ。最後まで読んだら、次の英訳本を買おうと決めて、一万円札を挟んだわけ」

「その一万円札、今も挟んだままなの」

「ああ」

「ということは、最後まで読まなかったってことね」

思ったより難しくてさ、と情けない声で、お兄ちゃんは言った。

「途中で挫折《ざせつ》した。その挫折したところに挟んであるはずだ」

床に積み上げられた本の山に、トゥーサンの『浴室』はあった。お兄ちゃんの言った通り、一万円札を見つけた。

「ずいぶん早く挫折したみたいね」

「どういうことだよ」

「この一万円札、三十八ページ目に挟んであったんだけど」

「嘘だって。百ページは読んだよ」

「確かめてみて」

「なるほど。三十八ページ目だな」

「薄い本なのに、三分の一も読んでないね。五分の一くらいかしら」

お兄ちゃんはとても気まずそうな顔で本を閉じた。さらに三十分ほど捜した結果、千円札と五千円札が何枚か積み重ねられた。

「今、いくらだ」

「五万三千円かな」

「よし、それで十分だな」

「十分ってなにが」

「ふたりで往復できる」

「どういうこと」

お兄ちゃんは答えず、命令した。

「ゆきな、おまえがやることはみっつだ。まず歯を磨け。化粧をしろ。それから着替えろ。この金を使って、旅行をしよう」

「旅行って、どこに」

大丈夫だ、と答えにならないことを、お兄ちゃんは言った。

「俺たちには、なんと五万三千円もある」

東京駅で新幹線に乗り、名古屋で私鉄に乗り換えた。そうして昼を過ぎたころ、伊勢市駅の前に立っていた。タクシーを拾うと、お兄ちゃんは高倉山高校までお願いしますと告げた。お兄ちゃんの母校であり、お母さんのかつての勤め先でもあった。わたしはだいぶ混乱した。お兄ちゃんはなにを考えているのか。なぜ伊勢なんかに来たのか。

なぜか、どうでもいいことを口にしてしまう。

「神社が多いね」

「なにしろ伊勢神宮がある町だからな」

急な坂を登り切ると学校だった。壁面に大きな時計がかかっている。生徒用ではなく、職員用の昇降口に向かった。

「ゆきな、頭を下げろ」

その手前で、お兄ちゃんが言った。

「え、どうして」

「今は管理が厳しくて、卒業生でも簡単に入れてくれないんだ。こっそり突破する」

「待ってよ。ねえ、お兄ちゃん」

お兄ちゃんは昇降口の手前で靴を脱ぐと、腰をかがめて校舎に入った。昇降口のすぐそばには事務室があって、数人の職員がいた。いつ声をかけられるかヒヤヒヤしたけど、あっさり突破することができた。廊下を進み、階段を上る。お兄ちゃんは、右手と左手に、それぞれ靴を持っていた。まるで泥棒みたいだ。

「お兄ちゃん、どこまで行くの」

わたしも同じ格好をしていた。やっぱり泥棒みたいだ。実にあやしい。

「一番上の、四階だ」

四階には図書館があった。ドアには『ようこそ！』と書かれた紙が貼ってあった。

「ここでお母さんは働いてたのね」

「ああ、そうだよ。ずいぶんと雰囲気が変わったな。俺がいたころは、もっと地味な感じだったのに。おっと、靴を隠しておこう。こんなもの持ったまま入ったら、図書館の先生にあやしまれる」

ドアの脇に靴を隠し、それから図書館に入る。授業中のせいか、生徒の姿はなかった。がらんとしている。入って右側に、図書準備室があった。中にいた女の人がわたしたちに気づき、腰を上げた。

「あの、図書館の先生ですか」

お兄ちゃんは尋ねた。実にさわやかな笑みを浮かべながら。

「ええ、そうですが」

戸惑いつつ彼女は頷いた。首に下げられたＩＤカードには世古口《せこぐち》と記されていた。

「僕、この学校の卒業生なんです。藤村禎文といいます。こっちは僕の妹です」

「ああ、卒業生なのね」

「今は伊勢を離れてるんですが、たまたま訪ねる用事があったので、ついでに寄ったんです。中を見させてもらっていいでしょうか」

「わざわざ図書館に来てくれたのかしら」

「在学中は入り浸ってましたから」

彼女は嬉《うれ》しそうな顔をした。

「どうぞ、見てください。あなたがいたころとは、ずいぶん違うと思うけど」

「確かに違いますね」

「わたしがいじっちゃったから。好き勝手しすぎて、他の先生に睨まれてるの」

苦笑いを浮かべる。やれやれ、といった感じ。世古口さんはいい人そうだった。初めて会ったばかりのわたしたちにも、優しく接してくれている。

「じゃあ、見させてもらいます」

わたしたちは図書館の奥に進んだ。少し、いや、かなりびっくりした。学校の図書館といえば、古い本ばかりが並ぶばかりで、取っつきにくいというイメージしか持っていなかったのに、ここはまったく違っていた。棚と棚のあいだが広く、机も一カ所にまとめられておらず、花なんか飾られている。猿のぬいぐるみが『オススメ！』と書かれた色鮮やかなポップを持っており、脇に本が並べてあった。学校の図書館というよりは、活気のある本屋のようだ。

「お兄ちゃん、恵まれてたんだね。こんな図書館だったら、わたしも通ったと思う」

「いや、俺が在学してたころは、こんなんじゃなかったよ。もっと地味だった。さっきの人が頑張《がんば》ったんじゃないかな」

「お母さんはどんなふうに働いてたの」

「あれだけ働きたがったのに、母さんはなにもしなかったよ。ただここにいただけだった。母さんにとって、働くことはどうでもよかった。ただの言い訳だったんだ」

お兄ちゃんと、お母さんは、この学校に通っていた。どんな日々だったんだろう。男女の関係に目敏《めざと》いお兄ちゃんは、お母さんの裏切りに気づいたはずだ。

ああ、そうか……。

伊勢に来ることは、お兄ちゃんにとって、辛《つら》いことなんじゃないだろうか。すべてが壊れた場所。なにもかも失ったところ。だとしたら、なぜお兄ちゃんはわたしをここにつれてきたんだろう。

わたしは混乱した。どうしていいかわからなくなった。それまで本に囲まれ、うきうきしていた心が、深く沈んでいく。

お兄ちゃんが、おお、と声を出した。

「やっぱりいたか」

見れば、古い木机に、ひとりの男の子がついていた。紺色のブレザー、つまり制服を着て、分厚い本を開いている。

「あれ、藤村じゃないか」

「変わったな、ここ。びっくりしたよ」

「そうだろう。変わっただろう」

「元気そうだな、吉田」

「藤村は相変わらずだ。幽霊に向かって、その言いぐさはないだろう。ちっとも元気じゃないよ。死んでるんだぞ」

ああ、この人もお兄ちゃんや鳴子さんと同じように幽霊なんだ。吉田君は、お兄ちゃんとまったく違うタイプだった。

とても真面目そうで、生徒会役員なんか務めそうな感じ。

「こいつ、妹のゆきな」

「初めまして。吉田です」

「ゆきなです。こんにちは」

吉田君が丁寧に頭を下げたので、わたしも同じように頭を下げた。

「君のお兄さんとは妙に気が合ったんです。お互いに本好きだったから。どうしてこんな女たらしと友達なのか、周りにはずいぶんと不思議がられてたけど」

「こらこら、俺のことを悪く言うな」

「仕方ないだろう。おまえ、二学期の半ば、沢野さんと山本さんと同時に――」

「待て。言うな。それは言うな」

お兄ちゃんは、吉田君の言葉を遮ったけど、だいたい事情はわかった。

「まあ、そういう奴《やつ》なんです」

　吉田君がにやにや笑いながら話しかけてきた。真面目なりに、意地の悪いところもあるらしい。わたしは頷いておいた。

「知ってます」

「ああ、やっぱり。妹さんですもんね」

「そういうのはたっぷり見てきました」

「僕もですよ。女の子が泣きながら相談に来たこともありました。あれは参った」

「すみません。兄が迷惑をかけて」

「いや、気にしないでください」

　おまえらさ、とお兄ちゃんは言った。

「俺のことをネタにして楽しむのはやめてくれないか。実に不愉快だ」

「だって事実だろうが」

「本当のことばかりでしょう」

　わたしと吉田君の声が重なった。顔を合わせ、笑ってしまう。お兄ちゃんは困り果てていたけど。

「ええとだな、わざわざ来たのは、そういう話をするためじゃなくて、吉田に聞きたいことがあるからなんだ」

「なんだ。聞きたいことって」

「おまえさ、ここにある本、どれくらい読んだんだ」

「ようやく半分くらいだな」

お兄ちゃんが説明してくれた。

「吉田は交通事故で死んだんだけど、とんでもない本好きだから、この図書館の本をすべて読むまで成仏《じょうぶつ》しないつもりなんだ」

「え、全部ですか」

わたしは図書館の中を見まわした。ここの図書館は、かなり広い。全部読むのに、どれくらいかかるだろう。一年では無理だ。二年？　三年？　あるいはもっと？

「吉田、井伏鱒二は制覇したか」

「ああ、全部読んだよ。単行本、文庫本、あと全集があって、そうだな、たぶん二十冊くらいだと思うけど、読破した」

「じゃあ教えてくれ。『山椒魚』って作品があるだろう。井伏鱒二は晩年に書き直してる。なぜ、そんなことをしたんだ」

「それはたいした問題だな」

吉田君は立ち上がると、棚に向かった。一冊、取り出す。それから、また一冊。迷うことなく、本を開いた。

「こっちが改変前だ」

右側の本を指さす。

「こっちが改変後だ」

左側の本を指さす。

「俺は改変後のしか読んでないんだ。ゆきなは両方読んだんだっけ」

「うん。読んでみた」

「どう思いましたか」

吉田君が丁寧に尋ねてくる。

「戸惑いました。岩屋に閉じ込められた山椒魚と蛙の気持ちが、まったく変わってるように思えるんです」

「それが一般的な反応ですよ。多くの人がやはり戸惑ってます。作品はもう井伏の手を離れてました。井伏のものでありながら、井伏のものではなかった」

「もちろんそうだ。あれだけ有名な作品は、読者のものだよ」

お兄ちゃんの言葉に、吉田君は首を傾《かし》げた。

「そう主張した人もいる。だけど僕は違うと思うな」

「どうしてですか」

「作品は作家のものです。『山椒魚』を生み出したのは、井伏鱒二なんだから」

「俺は反対だ。たとえ生み出した本人といえど、発表した時点で、読者のものだよ。勝手に直していいもんじゃない」

「同意しかねるな。作家にとって、作品は子供みたいなもんじゃないか」

「ああ、子供なんだ。子供は親の思う通りには育たない。独り立ちするものだ」

「なるほど。そういう捉《とら》え方《かた》もあるか」

吉田君は腕を組んで考え込んだ。お兄ちゃんも同じように考え込んでいる。しばらく沈黙が続いた。ちっとも気まずくなくて、とても穏やかな沈黙だった。やがて図書館の先生、世古口さんがやってきた。

「あら、あなた、授業はどうしたの」

不思議そうに吉田君の姿を確かめている。幽霊である彼が姿を現すのは、これが初めてなのかもしれない。

吉田君が困っていたところ、お兄ちゃんが助け船を出した。

「彼、先生に資料を当たってくるよう言われたそうですよ」

「そうです。高岡先生に言われたんです」

「ああ、なるほど」

「井伏鱒二のことを調べてこいって言われたらしいです。大変だね」

後輩に話しかけるような調子で、お兄ちゃんは嘘を言った。世古口さんから見れば、お兄ちゃんは卒業生で、吉田君は在校生だ。それに合わせたんだろう。

彼女はけれど、首を傾げた。

「高岡先生の担当は英語でしょう。どうして井伏鱒二なの」

お兄ちゃんの嘘が墓穴《ぼけつ》を掘ってしまった。高岡先生とやらが英語を教えてるとは。お兄ちゃんも慌ててしまい、言葉が出てこない。わたしも対応できなかった。

「井伏鱒二の『山椒魚』の英訳が教科書に出てきたんです。『山椒魚』の改変論争についても触れてます」

今度は吉田君が見事な嘘をでっちあげた。もしかすると、このふたりは、なかなかのコンビなのかもしれない。

「その改変論争のことを調べてるんです。井伏鱒二がなぜ作品を直したのか調べるよう言われました」

ああ、と世古口さんは頷いた。

「改変論争ね。大学にいたころ、調べたことがあるわ。改変したあと、なぜそうしたのかと問われて、井伏鱒二は山椒魚と蛙が岩屋から出られないことを悔いてるの。出してあげればよかったって」

「晩年になって、希望を見たくなったってことでしょうか」

「そうとも言い切れないわ。さらにそのあと、井伏鱒二は改変を失敗だと言ってるの。

他の誰かが書き直してほしいってね」

「井伏に迷いがあったんでしょうか」

「長く生きていれば、考え方だって変わるものよ」

世古口さんと吉田君は熱く語り合っていた。それを聞いているうちに、ある感情が湧《わ》き上《あ》がってきた。わたしは彼らに尋ねてみたかった。彼らなら答えをくれるかもしれないと思った。

「山椒魚と蛙は、岩屋から出るべきだったんですか。それとも出られないまま終わるべきだったんですか」

唐突に言葉を発したため、その場にいた誰もが戸惑い、じっと見つめてきた。

まず答えたのは、お兄ちゃんだった。

「俺は出るべきだったと思うよ」

「僕は井伏の気持ちを尊重しますね」

「わたしは出ないほうがいいわ」

吉田君も、世古口さんも、ちゃんと答えてくれた。けれど、その言葉は、まったく重ならなかった。


わたしたちの住む町に帰り着いたのは、ずいぶんと遅かった。夜道を兄妹で歩いた。

吹き付けてくる風のせいで、手足の先が冷たくなった。空には半分の月が浮かんでいた。これから太っていくのだろうか。それとも細っていくのだろうか。

「ゆきな、わかったことはあったか」

お兄ちゃんが話しかけてきた。

「わかるって、なにが」

「『山椒魚』のことだよ。おまえさ、あればっかり読んでただろう。ため息なんかついたりしてさ」

「ああ、うん」

「吉田と、あの司書の先生と話して、なにかわかったことはあったか」

お兄ちゃんはジーンズのポケットに両手を突っ込み、背を丸めつつ歩いていた。

「わからないことがわかったかな」

「なんだよ、それ」

「お兄ちゃんも、吉田君も、あの世古口って先生も、たくさん本を読んでるでしょう。なのに、同じ作品に対して、まったく違うことを感じてるんだなって」

「違うのなんて当たり前だろ」

「そう。当たり前なの。それがわかったの」

岩屋に閉じ込められた山椒魚と蛙に、わたしは自らの気持ちを重ねてきた。そして、作品の中に、答えを求めようとした。けれど、それは勝手な願いにすぎなかったのだ。小説であれ、空の月であれ、吹き抜けていく風であれ、ただ在《あ》るだけだ。意味を与えるのは、読んだり見たり、あるいは感じたりするわたしたち自身だった。

「伊勢に行ってよかったか」

お兄ちゃんの問いに、頷く。

「うん。よかった」

そして、心の中で、お礼の言葉を付け加えておいた。『山椒魚』を読んでは、ため息ばかりついているわたしのために、せっかくの本貯金を費やし、お兄ちゃんは伊勢につれていってくれたのだ。

ありがとう、お兄ちゃん。


家に入る前、いつもの癖でポストを確認したところ、薄紅色の封筒があった。

「あれ、お母さんからだ」

びっくりした。封筒の裏にはお母さんの名があり、表にはわたしの名があった。

「どうしたのかしら」

「さあな」

疲れているのか、お兄ちゃんはすぐ二階の自室に向かった。残されたわたしは、リビングのソファに腰かけ、手紙を読んだ。薄紅色の便せんには、自らが犯した間違いについての、謝罪の言葉が連ねてあった。なんてことだ。わたしが伊勢に行った日、こんな手紙が届くなんて。書かれていた言葉は、謝罪だけではなかった。三倍の言い訳も連ねられていた。破り捨てたくなったけど、我慢して読み続けたところ、妙な文字が目に入ってきた。

禎文の死について、ゆきなが責任を感じているのと同じように——

母さんはわたしに語りかけていた。あなたが河原に置いてきた自転車を取りにいったことで、禎文は濁流《だくりゅう》に呑《の》み込《こ》まれてしまった。けれど、それは仕方のないことだったと思います。ゆきなも、禎文も、そうなるとはわかってなかったのだから。ゆきなのせいではありません。わたしが犯した間違いも、同じなんだと思います。

お母さんの勝手な理屈は読み流し、お兄ちゃんが死んだ経緯《いきさつ》が書かれているところを何度も確かめた。意味するところはひとつだった。

わたしのせいで、お兄ちゃんは死んだんだ……。

二年前、お兄ちゃんは水死した。それはわかる。覚えている。けれど、なぜそうなったのか思い出そうとすると、記憶はまったく蘇《よみがえ》ってこなかった。完全に欠落している。

おかしい。そんなの変だ。お兄ちゃんが死んだ経緯を思い出せないなんて。わたしはいったい、どうしてしまったのか。足もとがぐらりと揺らいだ。いや、揺らいだのは、世界のほうなのか。やがてリビングのドアが開き、お兄ちゃんがやってきた。ソファに腰かける。わたしのすぐ隣だ。

「母さんの手紙、見せてもらっていいか」

「うん」

「ありがとう」

手紙を受け取ったお兄ちゃんは、丁寧に礼を言った。

「ねえ、お兄ちゃん」

「なんだ」

「そこに書かれてることは本当なの。わたしのせいで、お兄ちゃんは死んだの」

「ゆきなはやっぱり覚えてなかったのか」

ああ、なんてことだ。

「わたしがお兄ちゃんを殺したの」

「俺を殺したのは水だよ。おまえじゃない」

「だけど原因はわたしなのね」

お兄ちゃんは答えなかった。黙っていた。それが答えだった。

第八話

わかれ道

樋口一葉《ひぐちいちよう》の『わかれ道』を読んでいたら、ゆるゆると息が漏れた。まるで風船がしぼむかのよう。顔を上げると、空の青はすっかり色褪《いろあ》せ、やってきたばかりの秋が去りつつあるのを感じた。ああ、もうすぐ冬なのだ。ふたたびページに視線を落とし、文字を追ったけど、読むそばから書いてあったことを忘れてしまう。思い出すのは、昨晩のことばかり。伊勢から帰ってきたあと、お母さんの手紙を読んだ。そこにはお兄ちゃんの死の経緯《いきさつ》が記されてあった。

なにがあったのか、お兄ちゃん自身もちゃんと教えてくれた。ごまかすことなく、あやふやにすることもなく、すべて話してくれた。

「あの日、おまえは自転車を河原に置いて帰ってきた。自転車をとめた場所からだいぶ離れたところで友達とテストの答え合わせをしてたらしい。急に雨が強くなったので、おまえは自転車をそのままに、家に帰ることにした。俺《おれ》はたまたまリビングで本を読んでたんだけど、ずぶ濡《ぬ》れのおまえが帰ってきたんで、びっくりした。事情を聞いたら、自転車を河原に置いてきたっていうじゃないか」

静かな部屋に、お兄ちゃんの言葉だけが響いていた。とても落ち着いていて、穏やかな声だった。わたしはふと、半分の月を思いだした。これから肥っていくのか痩《や》せていくのか。

「おまえはあの自転車をすごく気に入ってたよな。滅多にわがままを言わないくせに、あの自転車を買ってもらうときだけは、ずいぶんと駄々をこねた。おまえは俺と違って素直だし、そういうことは滅多になかったから、よく覚えてるんだ。フランス製の、少しばかり変わったデザインで、色はまるで若葉のような薄い緑だった。確かにあれは、きれいな自転車だったよ。覚えてるか、ゆきな」

「うん。覚えてるよ」

それは、とてもかわいらしい自転車だった。買ってもらったのは、わたしが中学一年生のときだ。近くの自転車屋で見つけたあと、すごく気になり、しょっちゅう確かめに行った。学校とか塾の行き帰りとか、遠まわりになるのを承知で、自転車屋がある道をわざわざ通った。やがて、店のおじさんが、わたしの顔を覚えてしまったほどだ。

「その大切な自転車を置いてきてしまって、おまえはすごく後悔してた。珍しくわがままを言って、ようやく買ってもらった自転車なのに、盗まれたらどうしようって。雨がざんざん降ってたし、濡れたおまえはずっと震えてるし、俺は家を飛び出した。あの、きれいな自転車を回収しにいった。たいして深刻には考えてなかったよ。自転車を取って、すぐ帰ってくるつもりだった。なにしろ小さな川だろう。俺がまだ本当の子供だったころ、川遊びなんかしたたし、歩いて渡ったこともある。まさか川が、水が、あんなに恐ろしいだなんて、思いもしなかった。河原に着いたら、もうずいぶんと増水してて、おまえが自転車を置きっ放しにしていた場所は水に浸かってた。車輪のさ、銀色のところ、リムまで水が来てた。それでも危ない気はしなかったんだ。買ったばっかりのバスケットシューズで水の中に入るのがちょっと嫌だったくらいだ。じゃぶじゃぶと水を掻《か》き分《わ》けながら自転車のところまで行って、ハンドルを手にしたけど動かない。鍵《かぎ》がかかってた。仕方なく自転車を抱え上げたとき、すごい音が聞こえてきた。びっくりして振り向いたら、真っ黒な水が押し寄せてくるところだった。俺は意外と冷静だったよ。上流の堰《せき》が切れたんだなと思った。逃げられないと思った。助からないと思った。ああいうとき、人って意外と冷静だし、自分の置かれている状況がちゃんとわかるもんなんだ。俺はだから、じたばたせず立っていたよ。押し寄せてくる水に向き合い、最後まで目を開けたまま、呑《の》まれた」

いつからか、わたしは体を折り曲げ、両手で顔を覆《おお》っていた。お兄ちゃんがこんなにしっかり説明してくれたのに、なにも思い出せなかった。わたしはいったい、どうしてしまったんだろうか。肉親の死を、その経緯を、なぜ覚えていないのか。

「ねえ、お兄ちゃん」

声が震える。

「水に呑まれるのは苦しかったの」

「ああ、苦しかったよ。水がやってきたときは、弾《はじ》き飛《と》ばされたような感じだった。全身を激しく叩《たた》かれるっていうか。なにも見えなくなったし、自分がどんな体勢になってるのかもわからなかった。すぐ水が口に入ってきた。ゆきな、水は怖いもんだよ。どんどん入ってくる。肺の中にまで水が来たときは、たまらなかった。とにかく痛いし、辛《つら》いし、そうなると人間なんて弱いもので早く死にたいと思う。おまえはもちろん知ってるだろうけど、俺は楽観主義者だ。絶望より希望が好きだよ。諦《あきら》めるのは嫌いで、最後までじたばたする。そんな俺でも、耐えられない苦しさだった。最後の最後、本当に情けないことだけど、俺は死を望んだ。苦しさから解放されることを願った」

そして、とお兄ちゃんは言った。俺は死んだんだ。それが、お兄ちゃんの、死の真相だった。わたしが河原に自転車をとめなければ、雨が急に降り出さなければ、あるいはわたしがちゃんと自転車を持って帰ってくれれば、お兄ちゃんは死なずにすんだのだ。お兄ちゃんの命を奪ったのはわたしだった。わたしがお兄ちゃんを殺した。体の震えがどんどん大きくなった。

「わたしは覚えてないの」

「知ってたよ」

「まったく思い出せないの」

「こうして幽霊になって帰ってきたあと、おまえがなにも覚えてないと気づいたけど、それでよかった。おまえには、なにひとつ思い出してほしくなかった」

　本当だよ、とお兄ちゃんは言った。

　ソファに座ったまま、わたしは両手で顔を覆い、背を丸めた。たまらなく辛いのに、涙はまったく出ず、ただ体が震えるばかりだった。やがて、お兄ちゃんが肩を抱いてくれたけど、その手は幽霊のくせに温かく、いっそう強く心を揺さぶった。壊れると思った。このままでは、わたしは壊れてしまう。いや、違う……わたしはすでに、どうしようもなく壊れてしまっているのだ。お兄ちゃんを死に追いやったとき、どこかがおかしくなった。だから、なにも覚えていないのだ。幽霊であるお兄ちゃんをあっさり受け入れた。お兄ちゃんに肩を抱かれ、わたしは震え続けた。

「お兄ちゃん」

　ようやく声が出た。どれくらい時間がたったんだろうか。

「なんだ」

　ごめんなさい、という言葉は口にできなかった。そんなの自分のための謝罪だ。人を、肉親を死に追いやったわたしには、謝る資格さえなかった。なにも言えなくなったわたしは、ふと、ある可能性に思い当たった。それは、とんでもなく恐ろしいことだった。

　慌てて顔を上げ、お兄ちゃんの顔を確かめた。

「どうしたんだ、ゆきな」

縋《すが》るように、わたしは尋ねた。

「お兄ちゃんは本当にいるの」

「え、どういうことだ」

戸惑うお兄ちゃんの顔を見つつ、わたしはひたすら恐れていた。もしかすると、この、目の前にいるお兄ちゃんは、幽霊であると言い張る存在は、わたしが自らを許すために生み出した幻なんじゃないだろうか。呑気《のんき》なお兄ちゃん、料理上手なお兄ちゃん、女の子に人気があるお兄ちゃん、そんな姿を見ることによって、壊れてしまった自らの心を、卑怯《ひきょう》にも癒しているのではないか。わたしはお兄ちゃんから体を離し、その顔を触った。目、鼻、口、ほっそりした顎《あご》。男にしては華奢《きゃしゃ》な手を——さっきまでわたしの肩を抱いていた手だ——ぎゅっと握り締めると、お兄ちゃんも握り返してきた。お兄ちゃんの手は温かかったし、すぐそばだから吐息を感じることもできた。それでもやっぱり、お兄ちゃんの存在を信じることができず、自らの正気を疑った。わたしはたまらなく怖かった。自分が狂っているかもしれないということが怖かった。お兄ちゃんが実在しないかもしれないということが怖かった。いったいなにが正しいのだろう。信じるべきは、なんなのか。

ああ、そうだ。わかった。

ふいに悟《さと》った。

狂ってしまった方が楽なんだ。

それでも日々が過ぎていくことに、わたしはただ戸惑った。どんなに辛くても眠りはやってきて、やがて目覚めてしまう。お腹だって減る。日常は恐ろしく強固で、たとえ大きなハンマーを振りまわしても、その繰り返しを壊すことなんてできやしない。世界は、わたしたちの心や存在よりもはるかに強かった。朝の光を迎えるたび、わたしは両手で顔を覆った。泣きたいのに、どうしても泣けなかった。行き場のない感情が、体の中をぐるぐる巡った。そうして、わたしを追いつめていった。

わたしとお兄ちゃんは、今までと同じ生活を送った。以前のように笑い、文句を言い合い、本の話をしたり、一緒に音楽を聴いたりした。実はなにもかも変わってしまっているのだと知りつつ、なにもかも変わらない日常を重ねた。唯一、壊れてしまったのは、食事の風景だった。お兄ちゃんが作ってくれる料理は相変わらずおいしいのに、わたしは食べることができなくなった。

「ごめんね、お兄ちゃん」

料理がたっぷり残っている皿を前に、わたしは謝った。

「いいさ。気にするな。そんなに腹が減ってなかったんだろう」

「外でハンバーガーを食べちゃったの」

わたしはたいてい、下手な嘘《うそ》をついた。毎日のことなので、もちろんお兄ちゃんは嘘だと気づいているはずだ。なのに、お兄ちゃんは笑って、馬鹿だなと繰り返した。家に帰ってくれれば、俺がもっとうまいものを食べさせてやるのに、と。外でもろくに食べられないわたしは、どんどん痩せていった。鏡を見ると、日ごとに頬骨《ほおぼね》が突き出てくるのがわかった。

「俺の料理、うまかったか」

「おいしかったよ」

今晩のメニューは、なんとパエリアだった。豪華にエビや貝が入っていて、とてもおいしかった。お米を口に運ぶと、サフランの香りがふわっと広がって食欲をそそる。なのに、わたしが食べたのは少しだけだった。鍋《なべ》にはまだ、半分以上、おいしそうなパエリアが残っていた。

「パエリアなんて家で作れるんだね」

意外と簡単なんだ、とお兄ちゃんは言った。

「タマネギとニンニクとピーマンを炒《いた》めて、それから鶏肉だな。とにかく、次から次へと炒めるだけだ。あとはスープと魚介類を入れて、煮立ってきたらお米を放り込んで炊き込めばいい。最後にコツがあるといえばあるけど」

「コツってなに」

「炊いてるとさ、ちょっと硬い音がしてくるんだ。金属が弾けるような、独特の音だよ。そうしたら、ほぼ炊きあがりだから、火をとめて、紙で蓋《ふた》をする。これはもう、絶対に紙じゃないといけないんだ。鉄とかアルミの蓋だと、水滴がつくだろう。それが落ちたら、堅めに炊きあげたご飯がおいしくなくなる」

「あ、そうだ。サフランはどこで入れるの」

「サフランは最初に準備しておくんだ。材料を炒め始める前に、スープを作って、サフランを放り込んでおくわけ。サフランって高いんだぞ。瓶の中に、ほんのちょっと入ってるだけで、七百円とかする」

「じゃあ、今日はごちそうだったんだね。エビや貝も入ってるし」

「そうだよ。聞いて驚け。今日の夕食は、なんと千円以上かかってる」

　外食ならむしろ安いくらいだけど、家での食事となると、たいした額だ。ああ、もしかすると、あまり食べられないわたしのために、お兄ちゃんはご馳走《ちそう》を作ってくれたんだろうか。そんなことを思うと、心の奥底がひりひりした。

「もったいないから、もう一口くらい食べておけ」

　黄金色のご飯をスプーンですくうと、お兄ちゃんはテーブル越しに差し出してきた。いくらか戸惑ったものの、わたしは口を開いた。まるで鳥の雛《ひな》のようだ。お兄ちゃんのスプーンから、パエリアを食べる。もぐもぐ噛《か》んでいたところ、お兄ちゃんがふたたびスプーンを差し出してきた。飲み込んで、また口を開けた。

「おいしいね。サフランがいい香り」

「エビも食べるか」

「うん」

お兄ちゃんは殻を剝《む》き、尻尾《しっぽ》を持って、立派なエビを差し出した。それをそのまま、ぱくりと食べる。同じように、貝も、鶏肉も、食べさせてもらった。気がつくと、けっこうな量が胃に収まっていた。自分自身で食べた量より、明らかに多い。お兄ちゃんの手からだと、なぜだか食べることができた。

「けっこう食ったなあ」

呆《あき》れたように、お兄ちゃんは言った。

「ほとんど空になったぞ」

「あれ、本当だ」

「作った立場としては、こうして鍋が空になっているのは、実に嬉《うれ》しいものだ」

「家で食べるのっていいね」

「なにしろ真心がこもってるからな。家で料理を作るときは、自己満足じゃないんだ。食べる人のことを考える」

「お兄ちゃん、わたしのことを考えてくれてるの」

「当たり前だろう」

「本当は鳴子さんにごちそうするための練習なんでしょう。熱々のを持って行って、喜ばせるつもりなんじゃないの」

「あれ、ばれてたか」

　わたしたちは笑い合ったけど、なにもかもが幻のようなものだと、はっきり悟っていた。それは恐ろしく異常な日々だった。わたしも、お兄ちゃんも、本当は気づいているのだ。あの穏やかな時は壊れてしまった。なのに今まで通りの生活を演じている。とんでもない欺瞞《ぎまん》なのかもしれないけど、わたしたちはそうするしかなかった。真っ正面から向き合う勇気なんて持っていなかった。

　冬が近づくにつれ空気は澄み始め、夜空には冬の一等星たちがきらきら輝き始めた。アルデバラン、プロキオン、ベテルギウス、そしてシリウス。大学からの帰り、そんな星を見ながら歩いた。一番地味なプロキオンが、わたしのお気に入りだった。シリウスほど強く輝いておらず、ベテルギウスほど赤くもなく、空の下のほうでひっそり輝いている。お兄ちゃんはシリウスだと思った。遠いところで強く輝き、人を圧倒する。誰《だれ》もが魅せられる。

大学の昼休み、サンドイッチとミネラルウォーターを買って、中庭にある大きな木の下に腰かけた。サンドイッチを一口囓《かじ》る。パンはパサパサしていて、挟んであるハムとチーズはちっとも味がしなかった。どうにか一切れだけ食べたものの、それ以上はとても無理だった。食べることを諦め、幹に体を預ける。今日はとても暖かい。小春日和だ。バッグから本を取り出した。短い話なのに、わたしはまだ、『わかれ道』を読み切れていなかった。登場人物はたったふたりだ。縫い物を生業《なりわい》にしているお京という女、お京に懐いている吉三という少年。色恋などではなく、近所の、仲のいい友達だった。最初はそう、ただそれだけの話。しかし彼らは同じままでいられるだろうか。時間をかけて、どうにか最初の二ページに書いてあることを頭に入れた。ここを読むのは、何回目だろう。読んでも読んでも、ただ文字を追うばかりで、意味が残らない。お京も、吉三も、中途半端な身の上らしい。そのふたりが餅《もち》を焼いて食べる様子は、とても優しい感じがした。こんな日々が、いつまで続くのか。

「よう、藤村」

やがて声が聞こえた。

顔を上げたところ、紺野君がそばに立っていた。太陽を背負っているせいで、どんな表情をしているのかわからない。

わたしは自然と笑っていた。

「どうしたの、紺野君」

「そこを通りかかったら、藤村がいたから、声をかけてみただけだよ。おまえさ、ちょっと雰囲気が変わったな」

「そうかな」

「だいぶ痩せたように思えるよ」

「実はダイエット中なの。モデルみたいに細くなろうと思って」

わたしの下らない冗談に、紺野君は笑ってくれた。

「モデルみたいかどうかはわからないけど、藤村はきれいになった気がする。なんでだろう。すごく不健康そうなのに、こうして話してると、ドキドキするな。口説き文句じゃないから、心配しなくていいぞ。俺たちはそういうところを越えた関係だからな」

「一晩、明かしたしね」

「ずっと一緒だったもんな。ああ、そうだ」

振り向くと、紺野君は声を張り上げた。

「あゆみ、悪いけど、先に行っててくれよ」

紺野君の後ろのほうに、女の子が立っていた。とても短いスカートを穿《は》き、化粧が濃く、長い髪の先はきれいに巻いてある。なかなかの美人だ。いかにも紺野君が好きそうなタイプだった。彼女はちょっとのあいだ黙っていたけど、わかったわと言って歩き出した。いくらか歩を進めるごとに振り向き、わたしたちを確認している。

「紺野君、行かなくていいの」

「え、なんでだ」

「彼女、辛そうだよ」

「あとでいっぱいフォローしておくさ」

言いつつ、紺野君は近くに腰かけた。

「聞いていいかな」

「どうぞ」

「藤村が痩せたのは、悩みごとがあるからなんだろう」

「うん」

「さては彼氏のことだな。まだ仲直りしてないのか」

「そうなの」

「さっさと謝っちゃえよ」

わたしは曖昧《あいまい》に笑った。本当はそれだけじゃないの。紺野君、わたしはお兄ちゃんが死んだ理由を忘れてたの。変だよね。ひどいよね。おかしいよね。もしかすると、お兄ちゃんは……幽霊のお兄ちゃんは、存在しないかもしれないの。わたしが勝手に作り出した幻かもしれないんだ。

「ねえ、紺野君」

「なんだよ」

「紺野君はお兄ちゃんと会ったよね。夜の街で話したよね」

「ああ、会ったよ」

彼の言葉はしっかりしていた。それでも、わたしは信用することができなかった。自分に都合よく、紺野君の言葉をでっちあげているのかもしれない。そもそも紺野君がそばにいる今が、この瞬間が、現実なのかどうか確信を持てなかった。

「紺野君はちゃんといるんだよね」

「いるに決まってるだろう」

紺野君は笑ったものの、ちょっとだけ顔が強《こわ》ばった。敏感な彼は、もしかすると、わたしの危うさに気づいたのかもしれない。

「おかしなことを言うんだな」

「ごめんなさい」

「謝ることじゃないだろう」

「そうだね」

「もし話したいことがあるなら聞くけど」

「ちょっと難しいことなの」

「だったら話さなくていいよ。話せるときが来るまで、俺は待つから」

「ありがとう」

さすがは生粋《きっすい》の女たらしだ。距離の取り方を、ちゃんとわかっている。わたしたちはしばらく黙っていた。すぐ目の前を、十人くらいのグループが通り過ぎていく。同じゼミか、なにかのサークルか。彼らはとても楽しそうにお喋《しゃべ》りしながら歩いていた。その笑顔が、たまらなく羨《うらや》ましかった。

「さっきの女の子、新しい彼女なの」

「そうだよ」

「さすがだね。マキちゃんと別れてから、まだ半月もたってないでしょう。紺野君は立ち直りが早いよね」

「忘れることにしたんだ。引きずってても仕方ないだろう」

「紺野君はどうしてそんなに早く立ち直れるの。本当に本当に辛かったんでしょう。なのに、他の女の子と、すぐ付き合えるのはなぜ。どうしたら、そういうふうに生きられるの。わたしにはできないよ。わたしは——」

突然、言葉を失った。それまで迸《ほとばし》っていたものが途切れた。いったん、そうなってしまうと、わたしは呆然《ぼうぜん》とすることしかできなかった。お兄ちゃんは、わたしのせいで死んだ。わたしがお兄ちゃんを殺した。勉強ができて、女の子に人気があって、人付き合いを厭《いと》わないお兄ちゃんには、輝かしい未来が待っていたはずだ。不器用なわたしが、どれほど努力しても、決してたどり着けないところまで、お兄ちゃんは軽々と達しただろう。なのに、そのすべてを、わたしは奪ってしまった。紺野君は、わたしを見つめたあと、しばらくうつむいた。ふたたび顔を上げた彼は、とても悲しそうだった。

「これは俺の勝手な思いこみかもしれない。そうなんだとしたら怒ってくれ」

「なに」

「本当は泣きたいんだろう。どうして我慢するんだよ」

「我慢なんかしてないよ」

「藤村は嘘をつくのが下手すぎる。そういう不器用さに触れると、俺がおまえを引き受けてやりたくなるよ。心からそう思う。だけど、俺にとって、藤村はもったいないんだ。おまえにはふさわしい相手がいるはずだ。そいつの前で泣けばいいじゃないか」

香月君の顔が浮かんだ。彼とはもう、長く会っていない。電話もしていない。

「駄目なの。無理なの」

「喧嘩《けんか》してるからか」

「それもあるけど」

わたしが犯した間違いは、たとえ香月君にだって話せない。目頭が急に熱くなったけど、やっぱり泣くことはできなかった。涙は決して、こぼれなかった。

「藤村はそいつのことをまだ好きなのか」

「好きだよ」

「だったら、そいつと仲直りしろよ。俺は忘れっぽいし、浮気ばっかりしてるし、駄目な男だから、いつか藤村を傷つける。あの夜、俺はお兄さんと約束したんだ。藤村を傷つけないって。だから、俺はおまえを救えないし、救っちゃいけないんだ」

紺野君は立ち上がると、もうなにも言わず、足早に去っていった。わたしはうつむいたまま、彼の気配が、優しさが、遠ざかっていくのを感じた。顔を上げると、周りには誰もいなくて、ひとりきりだった。空の、ずいぶん高いところに、小さな雲が浮かんでいる。ああ、子供のころは、ずっと雲を眺めていたっけ。その雲さえ流れ去ってしまい、わたしだけが残された。水をたっぷり飲んだ。ペットボトルの中身を飲み干した。それでも涙は出なかった。


鳴子さんは公園にいた。昼間だ。いつもと同じようにゴリラの肩に腰かけていた。

「よかった」

呟《つぶや》いたわたしに、鳴子さんは首を傾《かし》げた。

「なにがよかったの」

「もしかしたら、会えないかもしれないと思ったんです。ほら、鳴子さんは普通の人じゃなくて――」

幽霊だから、という言葉は口にできなかった。

鳴子さんはくすくす笑っただけだった。

「わたしくらいになるとね、もう普通の人と同じように姿を現すことができるの。ゆきなちゃんだけじゃなくて、誰とだって話せるわ。ほら、こんなことだって、普通にできるんだから」

彼女は歩いていくと、公園で遊んでいた小さな男の子に近づき、話しかけた。そばにいたお母さんは愛想よく笑っている。男の子を抱き上げた鳴子さんは、そのまま、お母さんと話し始めた。鳴子さんが本当のお母さんのようだ。

やがて鳴子さんは戻ってきた。

「あの子、もうすぐ三歳ですって。来年から幼稚園に通うのを、すごく楽しみにしてるらしいわ。この近くの幼稚園だって」

「二、三歳の子供って、ずいぶん小さくてかわいいですね」

「そうね。本当にかわいいわね。わたし、あのころが一番だと思うわ」

鳴子さんはまた、ゴリラの肩に腰かけた。

「わたしの子供は、もうあんなに小さくないし、かわいくもないわね」

なにを言われたのか、しばらくわからなかった。

「え、鴫子さん、子供がいるんですか」

「いるわよ。わたしが自殺する前に生まれたから、今は大学を卒業するころかしら」

「ちょっと待ってください。鴫子さんが死んだのって何年前なんですか」

　さあ、と彼女は首を傾げた。

「二十一年前か、二十二年前か。だいたい、そんなところよ。十年を過ぎたころから、数えるのはやめちゃったんで、はっきりとはわからないけど」

「わたしが生まれたころに死んだんですね」

「ええ、そうよ」

　頷《うなず》いた彼女は、それがなんなのという顔をしていた。ちっとも厭味《いやみ》じゃなくて、責めてもいなくて、ほんの少し首を傾げただけだ。もし鴫子さんが自殺せずに生き続けていたとしたら、わたしのお母さんと同じくらいの年ということになる。外見はまだまだ若いけど、彼女はすでに、それだけの時を重ねてきたのだ。

「考えてみれば、ずいぶんたったわね」

「鴫子さんはこのままなんですか」

「思いが果たされるまではね。わたしたちは、思いをこの世に残してるから、こうして存在してるの」

　お兄ちゃんが残している思いとはなんだろう。鴫子さんなら知っているかもしれないと感じたものの、わたしはなぜか別のことを尋ねていた。

「鳴子さんが残している思いはなんですか」

「わたしね、好きな人がいたのよ」

「はい」

「彼には奥さんと子供がいたの」

「はい」

「そんなの最初から知ってたの」

「はい」

わたしはただ頷くしかなかった。

「彼が家庭を壊す気がないのは承知の上で、子供を産んだの」

「はい」

「子供を得ることによって、救われるかと思ったの」

「はい」

「だけど駄目だったわ。おかしな話ね。それでいいと思ってたんだから。彼に奥さんと子供がいることなんて、最初から知ってたし。なのに帰っていく彼の背中を見るとね、たまらない気持ちになった。ひとりで残されたあとは、もっと辛かったわ。大人の女の振りをして、わたしは彼に愚痴なんて言わなかった。彼がやってくるのを、ただ待ってた。子供もひとりで育てる覚悟だった。まあ、うまくいってたと思うわ。子供ってね、ゆっくり成長していくの。感情だって、最初は快と不快しかないのが、楽しいとか、怖いとか、いろいろ分化していく。わたしと彼は子供の成長を見て笑ったわ。そういうのは、すごく幸せだった。なのに、ある日、わたしはこの公園で首を吊《つ》ったの。行動自体は衝動的だったけど、実はちゃんと準備をしてたわね。半年以上も前に、なんと妊娠中よ、近所のホームセンターでロープを買ってたもの。ねえ、ああいう店って、いろんなロープがあるの。太いのも、細いのも、ビニールのも、綿のも。細いと切れそうな気がして、わたしは綿の、太いロープを五メートル買ったわ。もしかすると、わたしは思い詰めた顔をしてたのかもしれない。ロープの長さを測ってくれたおじさんがね、なにに使うんですかって尋ねてきたの。警戒したのよ。このロープで首を吊るんじゃないかって。わたしは笑って、家で洗濯物を干すのに使うんですって嘘をついたわ。ヨーロッパだと、窓から窓にロープを渡して、洗濯物をぶら下げるでしょう。あれをイメージしてね。だけど、実際にぶら下がったのは、わたしだった。思ってたより、ずっとずっと苦しかったわ。ロープが首に食い込んで息が詰まった。意識を失うまでに十秒くらいかかったんじゃないかしら。選んだロープが太かったのがいけなかったみたい。これまでに会った人から聞いた話だと、ああ、みんな幽霊だけど、細いロープのほうが早く楽になれるらしいわ」

「後悔しましたか」

「まあ、ちょっとはね」

「間違ったと思いましたか」

「それはもう」

「やり直したいですか」

「難しいところね」

　わたしが口にする言葉は、はっきりしていたけど、その意味はことごとく曖昧だった。太いロープで首を吊ったことについて話しているのか、自殺そのものについて話しているのか、自分でもよくわからない。すぐそばに立っている木が目に入ってきた。上のほうだけ朱に染まっている。秋が深まっているのだ。やがて冬がやってくる。

「案外、幽霊でいることも楽しくてね」

「楽しい、ですか」

「残した思いがなくなっちゃったら、わたしたち幽霊は消えるの。この世にいられない。もしかすると生まれ変わりなんてものがあるのかもしれないけど、わたしはもう少し、この世を見ていたいわね」

「本当に消えちゃうんですか」

「消えるわよ。だって死んでるんだもの」

「お兄ちゃんもですか」

鳴子さんはすぐに答えず、わたしの顔をじっと見た。

「そうね。禎文君が残してきた……いえ抱えている思いが果たされれば消えるはずよ」


「味はどうだ」

「すごくおいしいよ」

「まだ食べるか」

「うん。食べる」

「おまえは本当に食いしん坊だ」

お兄ちゃんはスプーンに料理を取り、差し出した。わたしは口を開け、やはり雛のように待った。まずスープが、そして肉が舌を刺激する。噛みしめた肉からは、じわりと旨《うま》みが滲《し》み出《だ》してきた。

「もうちょっと食べろよ」

供されたものを、わたしはひたすら噛んだ。味をたっぷり楽しみ、それから、ゆっくりと飲み込む。いつしか、お兄ちゃんに食べさせてもらうのが、日々の習慣になっていた。人が見たら、呆れるだろうか、笑うだろうか。あるいは、忌《い》むだろうか。家でも外でも、ろくに食べられないくせに、お兄ちゃんの手からならば、なぜか食べられた。

「これ、なんのお肉なの」

「鴨《かも》だよ。ちょっと癖があるけど、おいしいだろう」

「うん、おいしい」

わたしはどんどん食べた。鴨肉を胃に収めた。お兄ちゃんが食べさせてくれるならば、いくらでも食べられた。減り続けていた体重は、少しずつ増え始めていた。鏡を覗《のぞ》き込《こ》むと、顔色がよくなっているのがわかった。

「ところで、おまえ、香月君とは連絡を取ってるのか」

「ううん」

「ゆきなは案外と強情なんだよな。さっさと謝っておけよ。喧嘩なんて、ずっと続けていると、どっちが悪いかわからなくなるもんなんだ。どうしてあんなに怒っていたのか忘れちゃって、むしろ下らないことで怒っていた自分が馬鹿に思えてくる。そういうときが、お互いに折れるチャンスだな。喧嘩の原因じゃなくて、喧嘩したことに対して謝ると思えば、よけいな意地を張らなくてすむだろう」

ためになるアドバイスだったけど、お兄ちゃんほど簡単に、わたしはそういうことができない。香月君と会いたいし、彼の腕にすがりつきたいし、本当はすべてを打ち明けたい。けれど、その勇気を、わたしは持てないでいた。

「最後の一口だ。心して味わえ」

スプーンをしっかりと、口の奥まで含み、スープと肉片を味わう。いくらか悲しいことに、少しのそれは、すぐ喉《のど》の奥へと消えてしまった。

やけに風が強く、雲がすごい勢いで流れていた。空の様子をしばらく眺めてから、わたしは薄いコートのポケットに両手を突っ込み、歩き出した。行く先があるわけではない。ただの散歩だ。吸い込む空気には、雨の匂《にお》いがした。まあ、ちょっとくらいなら降られたってかまわない。雨に打たれながら歩くのも悪くないだろう。

ゆっくり歩いた。

足を投げ出すように歩いた。

とにかく歩いた。

長い長い坂を下ると、右にはクリーニング店があり、左には警察署がある。クリーニング店は古くて小さいのに、警察署の建物はとても立派だ。そのあいだを過ぎ、さらに数分ほど歩くと、小さな川の近くにたどり着いた。迷った末、川へ続く道には進まず、いったん橋に向かった。橋の真ん中で立ち止まり、川を眺める。夏のあいだ茂った草はたいてい枯れてしまい、河原はもう茶色に染まっていた。それでも草はしぶとく、たとえばススキなんかは、ふさふさとした白い穂先を揺らしている。橋の欄干《らんかん》にもたれかかったまま、ぼんやりと、わたしはそんなものを見つめた。ずっと前、河原を埋め尽くしていたセイタカアワダチソウは、いまや端っこに追いやられている。背中から風が吹いてきて、髪が揺れた。いつの間にか、ずいぶんと長く伸びていた。お母さんに注意されてから、わたしは一度も美容院に行っていない。下らない意地だし、そういうのは子供みたいだと思うけど、どうにもできなかった。長くて黒い髪が顔を覆う。欄干に置いた手を、毛先がくすぐる。ちょっとたってから、河原の草が、わたしの髪と同じように揺れ始めた。ほんの十メートルくらい高いか低いかだけなのに、風の流れに違いがあるらしい。ススキはその白い穂を、ゆらゆらと揺らしていた。わたしはコートのポケットから薄い本を取り出した。樋口一葉だ。何度も読んでいるので……いや読もうとしているので、片手で持った途端、『わかれ道』の始まるページが開いた。改めて確かめると、実に短い。十ページかそこらだ。

　お京さんはやがて、引き受け先が見つかる。屋敷へ奉公に出るのだ。話を聞いた吉三はすぐ、からくりに気づく。奉公などではない。それを口実とした、妾話《めかけばなし》なのだと。吉三は抗する。思いとどまらせようとする。しかしお京さんは決意を曲げない。

「誰れも願ふて行く処《ところ》では無いけれど、私は何《ど》うしても斯《か》うと決心して居るのだからそれは折角だけれど肯《き》かれないよ」

わたしはふと、紺野君と過ごした夜を思い出した。あのとき、わたしは間違いたかった。ひどい目にあいたかった。汚れたかった。あるいは、お京さんも、同じ気持ちだったのかもしれない。

答えを出せぬまま引き返し、川へと続く道に進んだ。コートのポケットに手を突っ込み、薄い本を握りしめ、坂を下りていった。傾斜を急にしないためか、川に下りる道は弧を描いている。わたしはだから、くるくるまわりつつ、川へ近づいていった。さっき右手に見えていた学校が、今度は左に見える。

川沿いの遊歩道にたどり着いた。

しばらく迷ったあと、わたしは上流に向かって歩き出した。水の流れる音が聞こえる。空を雲が走っていく。風が吹き抜ける。わたしの髪が揺れる。河原の草もまた揺れる。やけに重たい風だった。たっぷり水を含んでいる感じ。十分くらいたったころ、ぽつぽつと雨が降り始めた。ベージュ色のコートに、黒い染みができた。それでも、わたしはかまわず、歩き続けた。どんどん歩を進めた。雨の勢いはさらに強くなり、やがて顔がぐっしょり濡れた。自転車に乗った女子高生の一団が向こうからやってくる。彼女たちは甲高《かんだか》い声で悲鳴を上げていた。なんでこんな急に降ってくるの。台風が来てるんだって。ええ、この時季に台風なの。あんた、天気予報見てないの。台風だよ、台風。すごい大型だって。時速七十五キロだから、すぐに来ちゃうよ。彼女たちが去ってしまうと、その姦《かしま》しい声も去ってしまった。顔を上げた途端、雨粒が顔を打った。水滴がひとつ、ふたつ、口に入る。いつの間にか、わたしは河原に立っていた。かつて、わたしが自転車を置いてきたところ。お兄ちゃんが水に呑まれた場所だ。

なぜこんなところに来てしまったんだろう。

わたしはしばし、呆然とした。望んでいたわけではない。願っていたわけではない。求めていたわけではない。ろくに考えず、ただ道なりに歩いていたら、ここに達してしまったのだった。とんでもない偶然だと思ったけど、直後、別の考えが浮かんだ。同時に、さっきの女子高生たちの声が蘇《よみがえ》ってきた。台風が来てるんだって、と彼女たちは言っていた。すごい大型だって、と。昨日の夜、わたしはテレビの天気予報を見たのかもしれない。だとしたら、彼女たちが話していたことを、すべて知っていたはずだ。記憶からはすっぽり抜け落ちているけど、こうなることをわかっていたのではないか。今や、わたしは、自分自身を信用することができなくなっていた。なにが本当で、なにが妄想なのか、まったくわからない。混乱したまま、わたしは立ち尽くした。そして、それが来るのを待った。雨に打たれながら本を開く。吉三が放った言葉を、何度も何度も読んだ。妾になると決めたお京さん。とめられなかった吉三。彼らが最後に交わした言葉が、思いが、そこにこめられている。

「お京さん後生だから此肩《こゝ》の手を放しておくんなさい」

決別なのか、あるいは哀訴なのか。どちらにも取れる。本をポケットにしまったとき、それが起きた。ごごご、と音が聞こえてきた。いくらか待ってから、わたしは顔を上げた。真っ黒な水が、上流から押し寄せてくるのが見えた。上流の堰が切れたのだ。水は一分としないうちに、ここにたどり着く。わたしを呑み込む。絶対に逃げられない。お兄ちゃんが教えてくれたように、水はどんどん体に入ってくるだろう。そうだ。わたしは死ぬのだ。ああ、と安堵《あんど》した。ようやく解放されるんだ。

異変が起きたのは、そのときだった。

「ゆきなは本当に馬鹿だな」

お兄ちゃんは言った。

「こうなると思ってたよ」

びっくりした。

「お兄ちゃん、なんでここにいるの」

わたしのすぐ隣に、お兄ちゃんが立っていた。花柄のシャツを着て、細身のパンツを穿き、首にはネックレスをふたつもぶら下げている。ひとつは銀色のチェーンで、真珠がついていた。ひとつは麻紐《あさひも》で、かつてわたしが作ったものだった。よく見ると、ぶら下がっているプレートには、お兄ちゃんの名前がローマ字で彫ってあった。お兄ちゃんが水死したとき、身元がすぐにわかったのは、プレートのおかげだった。ある考えが、ふと思い浮かんだ。もしかすると、お兄ちゃんは死ぬつもりだったのかもしれない。わたしの自転車は口実に過ぎなくて、あのとき、あえて死を選んだのかも。だから身元がすぐわかるプレートをつけていたのではないか。お兄ちゃんはいい加減だけど、意外と律儀《りちぎ》なところがある。もしお兄ちゃんが自殺するとしたら、あとのことをきっちりして、誰にも迷惑がかからない方法を選ぶのではないか。自殺ではなく、事故死に見せかけるかもしれない。お父さんやお母さんを苦しめないために。

「いや、ゆきな、それは違うぞ」

お兄ちゃんは言った。

「俺は生きることが好きだったよ」

「え……」

「自ら死を選んだりなんかするものか。絶望の強さとか、闇《やみ》の魅力を知ってはいるけど、それでも俺は希望を追い求めてた。俺があんなにたくさんの女の子と付き合ったのは、彼女たちが俺に希望をくれたからだよ。彼女たちが身も心も許してくれた瞬間は、たまらないほどの幸せを感じた。とても尊いことだ。その尊さだけで俺は生きていけた。本当だよ。嘘じゃない」

「お兄ちゃん、わたしの心が読めるの」

「その気になれば、読めるよ。幽霊の特権だ」

「どれくらい読んでたの」

お兄ちゃんは顔を伏せた。

「ほんの少しだよ」

水の音が大きくなる。わたしたちはもうすぐ呑まれる。そして死ぬ。わかっていたから、わたしは尋ねた。

「お兄ちゃんが死んだことに対して、わたしが責任を感じてたのも知ってたの」

「もちろん知ってたさ」

お兄ちゃんはわたしの顔を見て、はっきり言った。

「おまえの顔を見るだけでわかってた」

「それなのに、わたしに料理を作ってくれてたんだね」

「だからこそ、だよ。おまえになにかを食べさせることは、とても楽しいことだった。食べさせることは、命を与えることに等しいんだ。おまえのことを考えながら、いつも料理をしてた。おまえがおいしいと言うことばかり願ってたよ」

体の芯《しん》がじんと痺《しび》れた。ああ、許されていたんだ……、と感じた。わたしはこのまま死ぬのだろうけど、それでかまわない。人生の、もっとも幸せな瞬間に死ねるならば、それはすばらしいことだと思った。水よ、早く来い。わたしの命を奪え。この瞬間を、永遠にしろ。

けれど、お兄ちゃんは言った。

「おまえは死なない。これからも生きるんだ」

「無理だよ。だって、もう逃げられないよ」

水はそこまで来ている。恐ろしい音が、はっきりと聞こえる。幽霊であるお兄ちゃんは逃げられるかもしれないけど、わたしは無理だ。必死に走っても間に合わない。わたしは死ぬのだ。そして幽霊になる。そのあとは、お兄ちゃんと過ごそう。今までと同じ日常を、永遠に繰り返すのだ。

「ゆきな、そんなことを考えないでくれ。おまえにはちゃんと幸せになってほしい。それが俺の望みだ。いちおう手は打っておいた」

「手って――」

お兄ちゃんはわたしの名を呼んだ。ゆきな、と言った。

「なに」

「こっちにおいで」

「うん」

お兄ちゃんはその腕を広げ、わたしを受け入れ、優しく抱きしめてくれた。お兄ちゃんに、これほど近づいたのは初めてだった。ぬくもりをはっきり感じた。

「鳴子さんによると、俺がこうして現世に戻ってきたのは、心残りがあったからだそうだ。それはたぶん、おまえのことなんだと思う。おまえは、なぜ俺が死んだのか、すっかり忘れてた。その歪《ゆが》みはいつか、おまえという人間を壊してしまうかもしれない。戻ってきてから、俺は切にそう感じた。おまえの危うさに触れるたび、心がひりひりした。すごく怖くなった。自分が消えてしまうことよりも辛かった。俺が今まで幽霊として存在し続けたのは、その怖さがあったからなんだ」

「今のままでいいよ。こうして、ずっと過ごそうよ」

「いや、駄目だ。そんなの間違ってる」

「だけど、わたしは楽しかったよ。お兄ちゃんに料理を作ってもらったり、本の感想を言い合ったりするのは、すごく楽しかった。だから、それでいいじゃない。お兄ちゃんが幽霊だってかまわないよ」

いくらか沈黙が続いた。顔を上げると、お兄ちゃんはとても悲しそうな顔で、わたしのことを見ていた。

「ゆきな」

「なに」

「俺はもう死んでるんだ。生きてるわけじゃない。幽霊なんだ」

「だけどお兄ちゃんはいるよ。ちっとも変わらないよ」

「変わるさ。俺はいつ消えるかわからない。最近、ようやくわかってきたんだ。こうして俺が存在するのは、とても難しいことだって。おまえを永遠に見守ることはできない。ゆきな、俺はおまえのことがかわいくて仕方なかった。他の誰よりも、どんな女の子よりも、大切に思ってた。おまえに俺の妹なんだ。本当はおまえの一生を見守りたかった。おまえが苦しみを乗り越えていくのを、喜びを得る姿を、確かめたかった。だけど、それは無理なんだ」

　わたしは戸惑った。お兄ちゃんの声に、諦めが感じられたからだ。

「よくわからないよ、お兄ちゃん」

「おまえはおまえの人生を送れ。俺のことは過去にするんだ。先にはきっと、辛いことがあるだろう。楽しいことばっかりじゃないさ。それでも、俺はおまえに希望を見てほしい。この世界のいいところを、美しさを、ちゃんと求めてほしい。これは、俺の望みだ。最後の望みだ。本当に好きな男と結ばれ、愛し合い、子供を作ってくれ。とても平凡なことだけど、とても幸せなことだよ。あの母さんでさえ、俺が生まれたときは涙を流したんだ。この子を得るために生きてきたと感じたって言ってた」

「だけど、お母さんはそのあと、間違ったじゃない」

「人は愚かだ。間違うことだってある。それでも、一瞬一瞬、確かな幸せを得られるなら、間違うことを恐れるべきじゃない。母さんはああ見えて、たくさんの幸せを得てきた。おまえは母さんみたいになるのを恐れてるんだろうけど、俺はそれでもかまわないと思う。ああ、もうさよならだ、ゆきな」

「待って、お兄ちゃん」

「言いたいことは、全部伝えた。お別れだ」

お兄ちゃんは、わたしを強く抱きしめたあと、体を離した。そのことにわたしは戸惑ったけど、お兄ちゃんは幸せそうに笑っていた。この瞬間でさえも、お兄ちゃんは生きることを楽しんでいるのだ。ゆきな、とお兄ちゃんは言った。

「おまえのことが本当に好きだったよ。誰よりも好きだったよ」

気がつくと、わたしは土手に座り込んでいた。目の前をごうごうと水が流れていく。わたしが……わたしとお兄ちゃんが立っていた場所は、水に呑まれていた。どうして安全な場所に移れたのか、わたしにはさっぱりわからなかった。きっとお兄ちゃんの手引きなんだろう。そのお兄ちゃんは、どこにいるのか。

「お兄ちゃん」

叫んだ。

「ひどいよ」

どれほど声を張り上げても、雨の音で掻き消されてしまう。叫びながら、それでも、わたしは悟っていた。お兄ちゃんはもう、この世にいないのだと。心の奥底に秘めていた思い、気持ちを、わたしに伝えた今、お兄ちゃんは旅立ってしまったのだ。

「藤村、大丈夫か」

やがて大きな声が聞こえた。振り向くと、そこに香月君が立っていた。わたしはその瞬間、すべてを理解した。こうなることを見越して、お兄ちゃんは香月君になんらかの働きかけをしていたに違いない。時間と場所を指定して、呼び出したのか。ああ、お兄ちゃんが言っていた。手は打っておいたと。お兄ちゃんは、わたしを香月君に預けたのだ。土手を駆け下りてきた香月君は、わたしをいきなり抱きしめた。

「ごめん、藤村」

「え……」

「藤村をこんなに追いつめてるなんて、僕《ぼく》は気づいてなかった」

せっぱ詰まった香月君の声に戸惑った。お兄ちゃんはいったい、香月君になにを吹き込んだのだろう。それでも、わたしは香月君に抱きつき、大声を出して泣いた。わたしは誰かの胸を必要としていた。あれほど溜《た》めていた涙がいきなり溢《あふ》れてきた。頬をたっぷりと濡らした。

お兄ちゃんは本当に去ってしまったのだ。

第九話

コネティカットのひよこひよこおじさん

サリンジャーの『コネティカットのひょこひょこおじさん』を読んでいる途中、ふと顔を上げたら、よく似た背中が角を曲がっていった。そんなことがあるはずないと知りつつ、足が自然と動き、わたしは追いかけていた。しかし角の向こうに捜していた姿はなかった。ただの見間違いだったのか。あるいは――。

ため息をついたところ、香月君がやってきた。

「なにを見てるんだ、藤村」

「空かな」

適当なことを言ったものの、案外、正しい言葉だったのかもしれない。

「ああ、冬の空か。ずいぶんと透き通ってきたね」

光がすっかり弱っているせいか、空の青は霞《かす》んで、薄い雲がひとつ、ふたつ、浮かんでいるだけだ。この青には触れられないだろうと思った。たとえどれだけ手を伸ばしても、爪先《つまさき》で立っても、決して届かない。指先の、ほんの少し向こうに、空はある。

「季節はしっかりしてるね。ちゃんと進んでいく」

わたしがそう言うと、香月君はくすくす笑った。

「藤村はおもしろいことを言うんだな。季節がしっかりしてるという表現は、僕には思い浮かばないよ。でもまあ、そうだな。しっかりしてるんだよな。ちゃんと進んでいく。藤村と付き合うようになったのは去年だった。春と夏の境目だった。あと、いくらかしたら一年になる」

「先に思えるけど、きっとすぐ来ちゃうね」

「あっという間だよ。改めて考えてみると、いろんなことがあったな」

まったくだ。香月君と付き合い始めたころ、お兄ちゃんが幽霊として帰ってきた。このふたつだけでも、わたしにとっては大事件なのに、さらにいろいろなことが起きた。間違ったこともあった。美しいこともあった。どうしようもなく醜くて、恐ろしいことだってあった。自分の選んだ行動や、歩んだ日々が正しかったのかどうか、わたしにはよくわからない。たぶん、そういう考え方をすること自体が、適切ではないんだろう。わたしたちが送る日常は、正しいとか正しくないということなどなく、ただ時が律儀《りちぎ》に過ぎていくのだ。この冬空と同じだった。美しいと思うか、澄みすぎて趣《おもむき》に欠けると思うか。捉《とら》え方《かた》は人によって違う。

「あのね、香月君」

「なんだ」

「わたしは楽しかったよ。去年はとても楽しい年だったよ」

「僕もだ」

わたしたちは笑い合った。

「藤村と一緒にいられて楽しかった」

ゆっくりと、なにかが広がっていく。香月君とお兄ちゃんはまるで違うタイプだけど、だからこそ、わたしは彼を選んだのだろう。わたしにとって、お兄ちゃんの存在はあまりに強すぎた。そう、冬の夜空に輝くシリウスのように。

お兄ちゃんと送った日々は、とても楽しかったけど、疲れることも多かった。わたしは毎日のように怒ったり、文句を言ったりした。

楽しく過ごせたのは、わたしたちが兄妹だったからだ。

そんなことを考えていたら、香月君が言った。

「またお兄さんのことを思い出しているんだろう」

「どうしてわかるの」

びっくりした。顔を見ると、香月君は穏やかに笑っていた。

「目が少し変わるんだ。遠くのほうを見るっていうか。そして、とても優しい顔になる。そんなときはお兄さんのことを考えてるんだなって、最近、わかるようになった」

「そうなんだ。わかるんだ」

「わかるよ。僕は藤村のことが好きだからね」

お兄ちゃんの影響だろうか。香月君はこういう台詞《せりふ》を口にするようになった。決してわざとらしくなく、さらりと、ただ思っていることを言っただけという感じ。彼は根が真面目で、元々素直なだけに、その言葉はわたしの心に飛び込んでくる。赤く染まった頬《ほお》を隠すため、わたしは顔を伏せた。最近になって知ったのだけど、お兄ちゃんと香月君は月に何回か会っていたそうだ。わたしと香月君が喧嘩《けんか》して、ほとんど連絡を取ってなかった時期でさえ、映画を観に行ったり、お酒を飲んだり、男同士でカラオケを熱唱してたらしい。

「なにを読んでるんだ」

「サリンジャーの『ナイン・ストーリーズ』だよ」

「僕も読んだことがあるよ。はっきりとは覚えてないけど、いくつかいい話があった。ちょっとだけ見せてくれないか。ええと、これだ。『コネティカットのひょこひょこおじさん』はおもしろかったと思う。ああ、信号が変わったよ。行こう」

香月君はわたしの背中に手を置き、進むことを促した。前より女慣れしたように感じられる。まったく、もう。お兄ちゃんはろくでもないことばかり教えていった。

「ところで、お兄さんから連絡はあるのか」

「ないよ。電話もかけてこないし、手紙も来ない」

お兄ちゃんはカナダに留学したと、香月君には伝えてあった。本当のことを言っても信じてもらえないだろうし、わたし自身がどう話していいかわからなかったからだ。ただ、いつか話せるときが来るだろう。そんな気がしている。香月君なら、そういう日が訪れるに違いない。

「お兄さんはカナダでも女の子に人気があるんだろうな」

「きっとね。金髪の女の子を、とっかえひっかえしてると思う」

香月君が羨《うらや》ましいなと口にしたので、わたしは睨《にら》んでおいた。慌てた香月君は冗談だよと言い訳した。以前ならそっくり信じたかもしれないけど、お兄ちゃんの薫陶《くんとう》をたっぷり受けた今は、どうにも微妙だ。

「わたしにしょっちゅう手紙をくれるのはお父さんだけかな」

「今は海外だっけ」

「ドイツだって。優雅だよね」

お父さんとお母さんは今、ヨーロッパを横断中だ。この前、来た手紙には、さすがに冗談だろうけど、最後はシベリア鉄道でアジアまで戻るぞと書いてあった。

「お兄さんはカナダで、ご両親はドイツか。藤村の家はお金持ちなんだな」

「とんでもない。悲しいくらい庶民だよ。あのね、お父さんは早期退職したの。多めに退職金をもらったんだって。それを全部使い切るって言ってた。ゆきなには一円も残さないぞって」

「いいね、そういうのも。子供より、夫婦仲を大切にしてるわけだ」

少し考えてから、わたしは頷《うなず》いた。

「そうだね」

以前なら、言下に否定しただろう。

けれど今は、いくらか違うものが心の中に生まれていた。正直、わたしには今もよくわからない。なぜお父さんがお母さんを大切にしているのか。お母さんの裏切りを許したのか。ただ、わからないからと言って、責めるのは間違いなんだと気づいた。

お父さんとお母さんは旅をしつつ、なにか取り戻そうとしているのかもしれない。


お兄ちゃんが去ってしまった日、あの雨の中、いったいなにが起きたのだろう。わたしが体験したことと、香月君が見たものは、まったく違っていた。

「ゆきながいないんだ」

いきなり電話がかかってきたと思ったら、お兄ちゃんは焦った声で、そう言ったそうだ。電話を受けた香月君は、ただ戸惑うしかなかった。

「いないって、なんでですか」

「はっきりとはわからない。ただ、いなくなる前、やけに思い詰めた顔をしてた。香月君、俺《おれ》は嫌な予感がするんだ。ほら、台風が来てるだろう。心配しすぎかもしれないけど、もしゆきなの身になにかあったら、ひどく後悔するはずだ。たぶん川だと思う。あそこはすぐに増水するから危ない。俺は下流のほうを捜してみるよ。香月君は上流のほうを捜してみてくれないか」

自宅にいた香月君は、深刻なお兄ちゃんの口調に促され、慌てて電車に乗って、わたしが住む町にやってきた。お兄ちゃんに言われた通り、川の上流へ向かった。わたしを見つけたのは、捜し始めて二時間後、雨が急に激しさを増したころだった。

ここが不思議で、おかしくて、妙なところだ……。

香月君によると、わたしはぼんやりとした様子で、土手に立っていたそうだ。上流の堰《せき》が切れ、濁流《だくりゅう》が押し寄せたけど、わたしがいる場所には届かなかった。わたしは安全な場所に立っていたのだ。お兄ちゃんの姿はなかった。わたしは最初から最後までひとりだった。

「水に飛び込むかと思った」

香月君は、あとになって言った。

「心がひりひりした」

そうして、ひりひりした心を抱えた香月君は、わたしのところまで走ってきて、強く抱きしめたというわけだ。

もし彼の言葉がすべて本当だとしたら、わたしとお兄ちゃんの別れはなんだったんだろう。水に呑《の》まれると思いながら、逃げられないと知りながら、ゆえにわたしは心の底まで打ち明けた。お兄ちゃんだって、そうだろう。なのに香月君が見たものは、わたしが覚えていることとは、まったく違っていた。

ああ、結局、真実などないのかもしれない。

それでいい。

今は思う。

それでいい。


やがて映画館に着いた。香月君が観やすいほうの席を譲ってくれた。

「ありがとう」

礼を言いつつ、腰かけたとき、五列ほど前に見知った姿があった。わたしは慌てて立ち上がったけど、その席はいつの間にか空っぽになっていた。

「どうしたんだ、藤村」

香月君が尋ねてくる。わたしは首をゆっくり振った。

「なんでもないの」

やがて年配の男性がやってきて、その席に座った。髪は白く、だいぶ太っていて、お兄ちゃんにはまったく似ていなかった。

最近、こういうことが多い。一日に何度かある。

事情を教えてくれたのは鴫子さんだった。

「禎文君はそういう形で召されたのかもしれないわね」

「え、そういう形ってなんですか」

夜の公園だった。空気はとても冷たかった。わたしの口から漏れる息は白く、鴫子さんのはまったく白くなかった。改めて、彼女が幽霊なのだと悟《さと》った。かつて薄緑色だった葉は、鴫子さんと出会ったとき、すっかりその色を濃くしていた。お兄ちゃんが去ったころ、きれいに色づき始めた。そして今は、すべて散ってしまった。冬の木は、裸をさらしている。

「長く幽霊を続けてるから、いろんな去り方を見てきたわ。すうっと穏やかに消えていった人もいるし、エネルギーを失って、思い半ばに消えてしまった人もいる。そして、ごく稀《まれ》にだけど、世界に溶け込んでしまうような召され方をする人がいるの。世界そのものになってしまうのね。禎文君もきっと、そうなんじゃないかしら」

「お兄ちゃんはまだいるんですね」

「禅問答みたいだけど、彼は今、どこにもいないし、どこにでもいるのよ。たとえば気持ちとか感覚が重なったとき、禎文君という形になる。ほら、望遠鏡の焦点が合うような感じね。だけど、長くはもたず、すぐに消えちゃうわけ」

「ああ、わかります」

「あの人らしい召され方だわ。本当に」

ねえ禎文君、と鳴子さんは夜空に叫んだ。冬の綺羅星《きらぼし》が、ぴかり、ぴかり、と輝いていた。シリウスがある。プロキオンがある。ベテルギウスはやっぱり赤い。

「わたしは新しい彼ができたから心配しないでね」

「ちょっと待ってください」

「え、なに」

「もう次の恋人ができたんですか」

鳴子さんはにっこりと笑った。

「わたしや禎文君みたいなタイプにとっては、けっこう待ったほうだと思うわよ。新しい彼は、禎文君ほどハンサムじゃないけど、がっちりしてて、抱きしめられると気持ちいいの。あの力強さは、優男《やさおとこ》の禎文君にはなかったわね。ところで、ゆきなちゃんこそ、彼氏とは仲良くやってるの」

「ええ、はい。ものすごく優しいです。喧嘩したことで、わたしを追いつめちゃったと勘違いしてるみたいで、前より大事にしてくれるようになりました」

「よかったじゃない」

「でも微妙な気持ちです。わたしがああなってたのは、お兄ちゃんのことがあったからで、香月君のことだけだったら、あそこまで辛《つら》くなかったと思うんですよね。なんだか彼を騙《だま》してるような感じがして」

実にあけすけな、女同士の会話だ。

いいのいいの、と鳴子さんは笑った。

「話したら面倒になるだけでしょう」

「まあ、はい」

「優しくされておきなさい。その代わり、いっぱい、気持ちを返してあげなさい」

たまに公園のそばを通ると、鳴子さんの姿を見かけることがあった。鳴子さんはいつもゴリラの肩に腰かけ、公園を駆けまわる子供たちの姿を追っていた。彼女の思いが果たされる日は来るのだろうか。それは誰《だれ》にもわからないことだった。

いつか自分が消えてしまうことを、お兄ちゃんは知っていたのかもしれない。香月君と喧嘩する前、あれはまだ夏だったろうか、いきなりキッチンに呼ばれたことがある。妙に張り切った様子で、お兄ちゃんは両腕を広げた。

「藤村禎文の料理教室へようこそ」

「なにを言ってるの、お兄ちゃん」

「おまえさ、俺の作るトマトスパゲティってけっこう好きだろう。プレーンなほうじゃなくて、スパイスをたっぷり使ったほうだよ」

「そうだね。好きだよ」

「あれは俺のオリジナルレシピなんだ。俺がいなくなったら、この世から消えてしまう。おまえに伝えておこうと思ってさ」

「いなくなるつもりなんてないくせに」

わたしは目を細くし、そう言った。ああ、わたしはなんて呑気《のんき》だったのだろう。そんなことを平気で言い放つことができたのだ。

なにも知らなかったわたしを、とても悲しく、とても愛しく思う。

「なぜいるかわからないんだから、いつ消えるかわからないだろう。いちおうだよ」

「嫌だよ。面倒臭いし」

「そう言わずに覚えておけって。これを香月君に食べさせたら、惚《ほ》れ直《なお》されるぞ。男というのは単純だから、女の子の手料理には感動するもんなんだ。じゃあ始めよう。まずパスタ鍋《なべ》でお湯を沸かせ。たっぷりだぞ」

「え、わたしがやるの」

「当たり前だ。俺が作るのを見るだけじゃ覚えられないだろう。料理ってのは自分でやってみて、ようやく身につくものだよ。ほら、パスタ鍋はそこだ。真ん中にラインがあるけど、その五センチくらい上まで水を注げ」

言われるまま水を注ぎ、火にかけた。

「これでいいの」

「ああ、大丈夫だ。さて、お湯が沸くまでのあいだにソースを作るぞ。ニンニクを出せ。大きめのを、ひとかけな」

なぜ自分が料理をしているのか、お兄ちゃんがどうして偉そうなのか、やはり釈然としないけど、文句を言うほうが面倒臭くなってきた。まあ、たかがトマトスパゲティだ。やってみようじゃないの。冷蔵庫から取り出したニンニクを割り、大きめのひとかけを手に持つ。皮を剝《む》こうとしたら、お兄ちゃんがストップと言った。

「手で剝いたら、匂《にお》いがつくぞ」

「じゃあ、どうすればいいの」

「これを使え」

お兄ちゃんが差し出してきたのは、赤い筒だった。ガーリック・ピーラーという道具だそうだ。以前、これがあると便利だと話していたから、お兄ちゃんが自分用に買ってきたのだろう。

「筒の中にニンニクを入れて、手の平で押しつけるようにしながら転がすんだ」

「よくわからないよ」

「もっと力を入れたほうがいい。そう、そんな感じだ」

コツがわからず戸惑ったけど、筒を何度かまわすと、きれいに剝けたニンニクが転がり出てきた。なかなか剝けない薄皮まで、ちゃんと取れている。

「すごいね、これ」

「ここに置いておくから、勝手に使っていいぞ。さてニンニクを炒《いた》めよう。ああ、包丁でスライスしちゃ駄目だ。潰すんだよ。包丁を寝かして、その上からぎゅっと押しつけるんだ」

フライパンにオリーブオイルをたっぷり注ぎ、潰したニンニクを入れた。火をつけるのは、そのあとらしい。

「ゆっくりゆっくり、オイルにニンニクの匂いを移すんだ。火はもっと小さいほうがいいかな。ヘラの先でニンニクを細かく潰してみろ。よしよし、そんな感じだ。オイルが温まってきて、いい匂いがしはじめただろう」

「本当だ。すごくおいしそうな匂いだね」

さて、とお兄ちゃんは言った。

「ここからが禎文式トマトスパゲティの胆《きも》だ。棚にスパイスが並んでいるだろう。カルダモンとローズマリー、バジル、タイム、オレガノ、クローブを持ってこい。まあ、適当でいいぞ。ひとつかふたつ欠けてもいいし、ふたつかみっつ増えてもかまわない」

「ちょっと待ってよ。そんなにたくさん覚えられないよ」

「適当でいいんだって。おいしそうなのを、いっぱい持ってこい」

ええと、まずローズマリー、バジル、タイムとオレガノもあった。あとはなんだったか。カルダモンはどうしよう。いいや、持っていっちゃえ。そうして瓶を抱えて戻ったところ、お兄ちゃんは一瞥《いちべつ》して、クローブがないけど、まあいいかと言った。

「クローブは食べるときに気をつけないといけないから、入れないのも手なんだ」

「ふうん。で、これをどうするの」

「フライパンに放り込む」

「それだけなの」

「ああ、それだけだよ。ただ入れすぎちゃいけない。種類が多いから、少しずつ使うだけでも、けっこうな量になる。だいたい小さじ一杯くらいだ」

小さじ一杯と聞いて、計量スプーンを取ろうとしたら、怒られた。

「そんなの使うなんて無粋《ぶすい》だろう。スパイスの量は適当だ。この料理のいいところは、不真面目に作れるところなんだから。作るたびに味が違う。食べてみないと、どんな味なのか、まったくわからない」

「あの、それって、いいところだと思えないんだけど」

「食べてみないとわからないなんて、まるで人生みたいじゃないか。この料理を作るたび、あるいは食べるたび、そういうことを思い出す。実に素晴らしい。しょせんはトマトスパゲティだから、なにかを入れすぎても、そこそこおいしくできるんだ。ほら、それもまた、人生みたいだろう」

下らない格言は無視して、スパイスを入れていった。さまざまな香りが混じって、不思議な感じ。やがてお湯が沸いたので、たっぷりの塩と、ふたり分のスパゲティを放り込んだ。パスタ鍋を掻《か》きまわしてから、ふたたびソース作りに戻る。

「もっと丁寧《ていねい》にヘラを使え。オイルでスパイスを煮るような感じだ」

「案外と難しいね」

「ゆっくりヘラを動かすんだ。オイルとスパイスを馴染《なじ》ませるように」

狭いキッチンの中が、スパイスと、ニンニクの匂いで満たされた。お湯はぐつぐつ沸いており、スパゲティが躍《おど》っている。わたしはとても豊かな気持ちだった。料理を作ることは意外と楽しかったし、いろんな匂いや、沸き立つお湯は、ただそれだけで幸せを感じさせた。

「そろそろホールトマトを入れよう」

缶詰の蓋《ふた》を開け、赤い実をフライパンに流し込んだ。スパイスとオイルに混ざり、トマトの実はとろりと溶けた。塩で味を調《ととの》えてから、パスタの茹《ゆ》で具合を確かめる。ちょっと硬いかもしれない。ところがお兄ちゃんは、ちょうどいいと言った。

「まだ硬いよ」

「これからフライパンにパスタを入れるんだ。ソースと一緒に加熱する。この時点では、ちょっと硬いくらいじゃないといけないんだよ」

「なるほどね」

そしてトマトスパゲティができあがった。わたしたちはそれぞれ、自分の皿とフォークを持ち、テーブルについた。いただきますと手を合わせ、フォークにスパゲティを巻きつけた。

「あ、すごくおいしい」

「このすっきりした感じはカルダモンかな」

「入れすぎたかしら」

「いや、いけるよ。こんなふうにアレンジをしていくのが楽しいんだ。毎回違う味になったとしても、それを楽しむのが一興だろう。いつも同じ味なんてつまらないじゃないか。初めてにしては上出来だ。すごくおいしいよ」

「よかった。上手にできて」

わたしたちはぺろりと、パスタを食べてしまった。空っぽになった皿が並んだ。

「ごちそうさま」

お兄ちゃんが言った。

「ごちそうさま」

わたしも言った。

そして、にっこりと笑い合った。禎文式トマトスパゲティを、わたしは身につけた。そして、お兄ちゃんが生み出した味は、わたしに引き継がれていく。いくらか大雑把《おおざっぱ》に。そして、わたしなりのアレンジを加えて。


映画が終わったあと、香月君がトイレに行った。トイレは混んでいるらしく、香月君はなかなか戻ってこなかった。そのあいだ、わたしはロビーのベンチに腰かけ、『コネティカットのひょこひょこおじさん』の続きを読んだ。短い話だったので、すぐに読み終わってしまった。学友であるふたりの女が、お酒を飲むだけの話だ。大きな物語があるわけではないし、劇的な展開もない。誰も死なない。不思議なトリックもない。そう、女同士の、ただのお喋《しゃべ》りだ。つまらないと吐き捨てる人だっているかもしれないけど、わたしにはすごくおもしろく感じられた。ふたりの女性の、諦《あきら》めや、喜び、そして人生そのものが、心を揺さぶった。そして、そこに出てくるラモーナという少女の存在が、引っかかった。彼女には、誰にも見えない友達がいる。お母さんにも、周りの人にもわからない。ラモーナだけが彼女と話し、遊び、戯れることができる。

このラモーナはわたしではないか……。

気づいたとき、わたしは戸惑った。幽霊として帰ってきたお兄ちゃんは、最初のうち、わたしにしか見えなかった。まさしくラモーナと同じだ。たまたま読んだ物語の中に、わたしがいた。ああ小説とは、と思った。どこかの誰かが書いただけの話。まったくの作り物。それがなぜか、絶妙のタイミングで、わたしたちの心に飛び込んでくる。とても不思議なことだ。そして、とても大切なことだ。わたしはその古びた本を、ぎゅっと抱きしめた。

なにが正しいのかなんて、わたしにはよくわからない。

幽霊であるお兄ちゃんは本当にいたのか。贖罪《しょくざい》のためにわたしが作り上げた幻だったのか。別れの瞬間の真実はどうだったのか。すべてが曖昧《あいまい》で、見定めようと目を凝《こ》らせば凝らすほど、かえってぼんやりしてしまう。

今のわたしは、この世界を、真実という言葉を、なによりわたし自身を、まったく信じられなかった。

ただ、思うのだ。はたして、それはわたしだけなのだろうか、と。

当たり前のように生きている他の人たちだって、同じなのかもしれない。わたしが経験したのと同じ危うさを、実はみんな抱えているのではないか。世界というのは、案外いい加減で、あやふやなものなのだろう。

怖いことかもしれないけど、楽しいことだ。そうだ。あれと似ている。禎文式トマトスパゲティそっくりだ。

作るたびに味が違う。

うまくできるときもある。

失敗することもある。

以前のわたしなら、そういう曖昧さを許せなかっただろう。けれど今は、かまわないと思えた。お父さんとお母さんの関係も、お兄ちゃんとのことも、わたしが犯した間違いも、世界が定かでないことも。

「食べてみないとわからないなんて、まるで人生みたいじゃないか。この料理を作るたび、あるいは食べるたび、そういうことを思い出す。実に素晴らしい。しょせんはトマトスパゲティだから、なにかを入れすぎても、そこそこおいしくできるんだ。ほら、それもまた、人生みたいだろう」

ああ、まったくだ。お兄ちゃんの言う通りだ。


「もう夜だな」

わたしと香月君が通りに出ると、日はすっかり落ちていた。ネオンが濡《ぬ》れたように輝き、ビルのてっぺんでは赤色灯がチカチカと点滅している。風もずいぶん冷たくなって、わたしたちは凍えた。

「寒いね。すごく寒い」

わたしは香月君の腕にしがみついた。そのとき、通りの向こうに、懐かしい姿を見かけた。男にしては長い髪、ほっそりした体の線、整った顔――。一度目を閉じて、すぐ開いたとき、姿はもう消えていた。寂しい気もしたけど、それでいいという気もした。わたしは改めて、隣にいる男の人を見た。こうして誰かを頼れるのは、なんて幸せなんだろう。ちゃんと好きな人がいて、その人もわたしのことを好きでいてくれる。ありふれていることかもしれないけど、奇跡のように素晴らしいことだった。

「藤村、お腹が空《す》いてないか」

「あ、空いてる」

わたしはもう、なんだって食べられる。自分の手で、食物を口に運ぶ。

「これから、なにを食べようか」

香月君が尋ねてきた。

少し考えた末、わたしはあることを思いついた。素晴らしいアイデアだった。

「ねえ、うちに来てよ。わたし、おいしいトマトスパゲティを作るから」

「藤村が作ってくれるのか」

「うん。とびきりのを作るよ。本当においしいよ」

香月君は喜んで、そうしようと頷いた。それはすごく楽しみだな、本当に楽しみだ、と繰り返した。

「頑張って作るから期待してね」

「思いっきり期待するよ」

わたしたちは周囲を見まわし、誰もいないことを確かめてから、そっとキスをした。

香月君の唇は温かかった。

わたしの唇も、同じ温かさを、彼に伝えているのだろうか。

「行きましょう」

「うん。行こう」

わたしたちは歩き出した。失ったものはたくさんある。けれど、得たものもたくさんある。そんなふうに、わたしは生きていくのだろう。

お兄ちゃんが宿る、この世界で。

Cooking class
sadafumi fujimura
「藤村禎文の料理教室へようこそ」
禎文式トマトスパゲティ

Welcome to
Sadafumi Fujimura Cooking cla
Tomato Spaghett

Tomato Spaghetti

トマトスパゲティ

Tomato Spaghetti

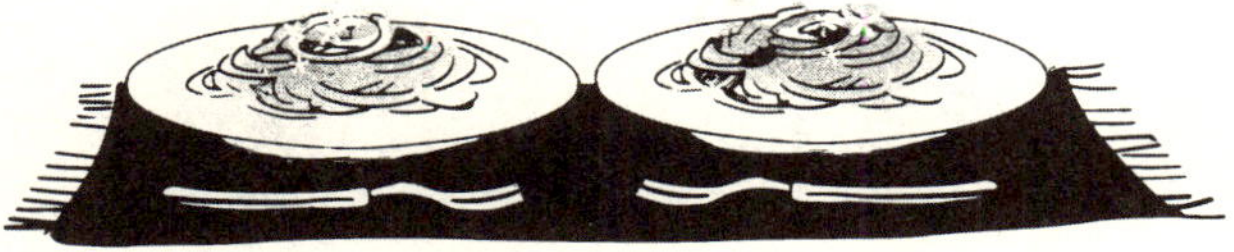

材料 ……… *Ingredients*

パスタ ……………………………… 二人分
ニンニク …………………………… 大きめのものを1かけ
ホールトマト ……………………… 1缶
スパイス（カルダモン、ローズマリー、
バジル、タイム、オレガノ、クローブ）………… 各小さじ1杯程度。
オリーブオイル……………………… 適量
塩 ………………………………… 少々

他のものを入れても、入れないものがあってもOK。

つくりかた……… *Recipe*

トマトスパゲティ

1 パスタ鍋にお湯をたっぷり沸かし、たっぷりの塩を入れて、パスタを茹でる。

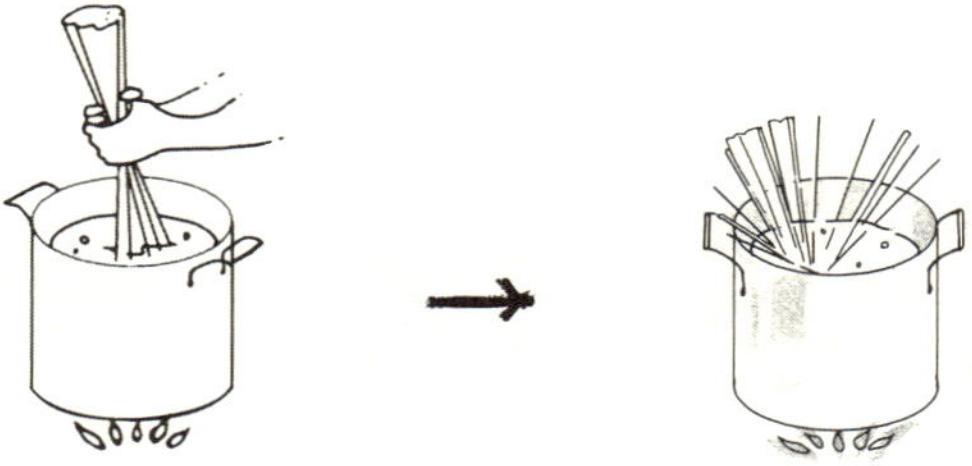

2 ニンニクの皮をむき、包丁を寝かせ、ぎゅっと押さえてつぶす。

3 たっぷりのオリーブオイルをフライパンに注ぎ、ニンニクを入れてから、火をつける。

4 ごくごく弱火でオイルを温めながら、ヘラでニンニクを小さくつぶし、ニンニクの香りをオイルに移す。

5 香りがたってきたら、さまざまなスパイスを入れる。（決して計量してはいけない。目分量で。）

6 ホールトマトを入れ、塩で味を調える。

7 表示時間より少し短め（少し硬め）に茹でたパスタをフライパンに入れ、ソースを絡める。

8 皿に盛り、香りづけにオリーブオイルをたっぷり垂らして完成！

Point

たくさんスパイスを使いましょう。
いろんなスパイスを使いましょう。
いつも違う味にしましょう。

解説――食べること　恋をすること　本を読むこと

佐藤真由美

満たされて初めて、自分の中に空洞があったことに気づく。


「おまえ、腹減らないか」

「あ、減ったかも」


そんな言葉を交わしながら、主人公の藤村ゆきなとお兄ちゃんは食事をする。

大学生のゆきなは、両親が海外へ行ってしまった家でひとり暮らしをしている。そこへ、二年前にいなくなったはずのお兄ちゃんが突然現れたのだ。

おしゃれで女の子と料理と本が好きな兄と、おとなしくて地味系マジメ女子の妹の、奇妙な二人暮らし。とても美味しそうなお兄ちゃんの手料理と、タイトルどおり九つの近代文学の名作が各話にからんでいく。食べることも本を読むことも、イベントではなく自然に二人の日常に溶け込んでいる。

〝たらし〟のお兄ちゃんを横目に堅実な恋愛観を培ったゆきなは、穏やかで優しい、自分と似た価値観を持つ香月くんと付き合い始めたばかり。素材のよい栄養あるおいしいごはんをしっかり噛《か》んで食べるような、派手ではないけれど健やかな恋だ。

学生時代に兄と一緒に住んでいたことがある。藤村家と違って、二つ違いのわたしの兄は、優しいけれど妹にほぼ無関心だった。おしゃれでも料理上手でもない兄と二人暮らしで、ちなみに香月くんのようなボーイフレンドもいない大学時代を過ごしたわたしには、ゆきながうらやましくてたまらない。でも、そんなことを言ってはいけないのかもしれない。料理を作ってくれなくても、本をたくさん読んでいなくても、わたしの兄は当時も今も生きているのだから。

お兄ちゃんが幽霊（足もあるし料理も食事も会話もできる）という以外は、一見平穏なゆきなの生活。正反対の兄妹のコミカルなやりとりや、ゆっくりと育む恋のときめき、愛すべき日常の光景が、二十歳のゆきなの目を通して描かれる。

年齢のわりに大人で、子どもで、みずみずしくて繊細でめんどくさいくらい真摯《しんし》なゆきなの視線は、何気ない風景もやさしく、ときに切実に映し出す。さりげないすてきなシーン、胸をつかまれる表現がモザイクのようにちりばめられているけれど、わたしが好きなのは手をつなぐ場面だ。

彼の手をしっかり摑む。そのとき、心の奥底がふんわりと温かくなった。誰かに手を取ってもらうのは、なぜこんなにも気持ちいいんだろう。

自然な仕草でお兄ちゃんが手を伸ばすと、恵利さんも手を伸ばした。そして、ふたりの手は繫がった。しっかり握り合った。

ふたりで笑っているうちに、橋にさしかかった。
遠くにゴルフ練習場の鉄骨が見えた。
夕日を反射し、ぴかぴか光っていた。
川面を駆けてきた風はひやりとして気持ちよかった。
わたしたちは繫いだ手を振った。
何度も何度も、子供みたいに振った。

こんなに輝いて見えた川辺の景色が、ストーリー終盤ではまったく違う風景となって登場する。
ほかに好きなのは、ゆきながお兄ちゃんの手から小鳥さんみたいに食事を食べさせてもらうシーンと、ゆきなと鳴子さん（お兄ちゃんの恋人・地縛霊）の会話かな。どちらも、悲しいのに笑い合っている。おかしいのに、さみしい。ゆきなの同級生・紺野くんと初対面のお兄ちゃんが意気投合して、真面目な顔で恋愛談議をするシーンも。

いつもお兄ちゃんはふざけている。だけど、それは〈辛くて、悲しくて、どうしようもないときこそ、笑うことが必要なんだって気づいている〉から。

軽やかに過ぎていく日々の中、かすかな違和感と緊張が、静かに、はりつめた不協和音となって高まっていく。

ゆきなの抱える危うさは、ある大きな悲しみと傷のためでもあるけれど、彼女の年齢に似合わない賢さと愚かさ、繊細さと鈍感さ、矛盾する要素をはらんだアンバランスさが最初から気になっていた。

子どもが年齢より大人になってしまう理由はいつも、年齢どおりに大人になることができなかった大人のためだ。橋本紡さんの作品には、「間違っている」人々が多々登場する。彼らを否定しないかわりに肯定もしないところに、この作家の誠実さがある。強い肯定も否定も、読む人の考える力を奪う。橋本さんの小説を読むと、本を閉じた後の時間もずっと読書が続いていくようだ。

この『九つの、物語』を読んでいるときも読み終えた後も、わたしは自分がいろいろなことを考えるのを止められなかった。

恥ずかしいこと、痛いことをたくさん思い出して、感謝した。それがもう過去の出来事であることに、思い出すことができる現在に、そして今この本に出会えたことに。

手をつなぐシーンは、そうそう手をつなぐ機会もなくなってしまったからこそ「いいなぁ」って味わい深いし。眉の描き方とヒールの高さに血道をあげていた女子大生時代にキャンパスでゆきなと出会っても、残念ながら友達にはなれなかっただろう。

ゆきなやお兄ちゃんや香月くんと同世代の若い読者がこの本を手にしていたら、それもまた幸運だ。この小説はたいそう実用的で、魅力的な恋愛小説であるばかりでなく、好奇心を刺激する名作案内、しかも、簡単・美味しい・お家で作れる！　料理のレシピまでついてくるのだから。

泉鏡花、太宰治、田山花袋、永井荷風、内田百閒、井伏鱒二、樋口一葉、サリンジャー。教科書で名前だけ知っている、聞いたことがある、読もうとして挫折した、あの作家のあの名作を読んでみたくなる。読んだことがあれば、「いや、その解釈はちがうぞ、ゆきな」と（お兄ちゃん口調で）口をはさんだり、作品とストーリーとの関わりを楽しむこともできるけれど、未読でも全く問題ない。はずだけど、やっぱり読みたくなる。

参加したいじゃないか、『山椒魚』論争に。

「山椒魚と蛙は、岩屋から出るべきだったんですか。それとも出られないまま終わるべきだったんですか」

唐突に言葉を発したため、その場にいた誰もが戸惑い、じっと見つめてきた。
まず答えたのは、お兄ちゃんだった。
「俺は出るべきだったと思うよ」
「僕は井伏の気持ちを尊重しますね」
「わたしは出ないほうがいいわ」

合わなくてもいい。むしろ、わくわくする。

「合わない相手なら、俺には理解できないなにかを持ってるってことじゃないか。それが理解できるようになったら、すごいだろう。価値観がガラリと変わるくらいの衝撃があるかもしれない。わからないのは、素晴らしいことだ」

お兄ちゃん独自の恋愛哲学、人生訓、格言も満載だ。

「食べてみないとわからないなんて、まるで人生みたいじゃないか。(略) しょせんはトマトスパゲティだから、なにかを入れすぎても、そこそこおいしくできるんだ。ほら、それもまた、人生みたいだろう」

格言はともかく、お兄ちゃんのレシピは役に立つ。小籠包は少し難易度が高そうだけれど、ベトナム風角煮はぜひ作りたい。パエリア、クロックマダム、少し変わった中華丼……わかりやすく作り方とコツが書いてある。料理のコツはマニュアルじゃなく、やってみて調節してなんとかなるもので、お兄ちゃんなら「それもまた、人生みたいだ」と言うだろう。

潔癖で頑なだったゆきなは、やがて〈世界というのは、案外いい加減で、あやふやなものなのだろう〉〈怖いことかもしれないけど、楽しいことだ。そうだ。あれと似ている。禎文式トマトスパゲティそっくりだ〉と感じ、その曖昧な世界を許容して生きていこうとする。誰もが抱える恐れや不安、世界への疑問の答えを探す、そんな主人公の成長譚でもある。

懸命に生きる登場人物たちに、大人げなくというか、大人のいやらしさで言いたいことはある。お兄ちゃんには、あのね、わたしすごくまずいスパゲティを作ったことがあるの、小さなミスを取り返そうとするたびに取り返しのつかないことになってまるで人生みたいだったわ、とか。ゆきなとは、樋口一葉『わかれ道』をはじめ、登場する物語の解釈が一部異なる。紺野くんよ、誰も誰かを救ったりなどできない、傷もつかない若さなんてブロイラーじゃないか。香月くんは、そろそろ彼女を「藤村」と名字で呼ぶのを卒業してはどうだろう（大きなお世話）。

誰が正しいのか、答えはない。

これだけ丁寧にいろんなことを——女の子にモテる方法（対象によっては非常に有効）からとびきり美味しいトマトスパゲティに入れるハーブの種類まで——教えてくれるこの小説には、「正解」が一つも書かれていない。

小説であれ、空の月であれ、吹き抜けていく風であれ、ただ在るだけだ。意味を与えるのは、読んだり見たり、あるいは感じたりするわたしたち自身だった。

わたしたちが送る日常は、正しいとか正しくないということなどなく、ただ時が律儀に過ぎていくのだ。この冬空と同じだった。美しいと思うか、澄みすぎて趣《おもむき》に欠けると思うか。捉え方は人によって違う。

答えを教えるのではなく、正しい答えなど誰も教えてくれないということだけを、突き放すのではなくあたたかく伝えてくれる。お兄ちゃんの、ゆきなの、紺野くん、香月くんほかみんなの、もっともらしいような、そうでもないような、金言至言の向こう側から聴こえてくるのはこんなメッセージだ。

考えろ。感じろ。手を伸ばして本を読むんだ。

きれいなだけではない不確かな世界で明日も生きてゆけ。

自分の目で見ろ、ここに書かれている言葉など信じるな。


「わからないことがわかったかな」

ゆきなは言う。

「違うのなんて当たり前だろ」

お兄ちゃんも言う。

とりあえず、「これを食べさせたら、惚れ直されるぞ」という言葉は素直に信じて、さっそく禎文式トマトスパゲティを作ってみるとしよう。


「食べ終えたくない……」


トマトスパゲティの残り一口を眺めるゆきなのように、「読み終えたくない」と願う読書と人生が、わたしたちには待っている。

食べること、恋をすること、本を読むこと――生きることへの愛情がたっぷり詰まった、明日が楽しみになる一冊だ。

この作品は二〇〇八年三月、集英社より刊行されました。

参考文献

第一話「縷紅新草」　『泉鏡花集成9』種村季弘編　ちくま文庫
第二話「待つ」　『女生徒』太宰治　角川文庫
第三話「蒲団」　『日本文学全集7　田山花袋集』集英社
第四話「あぢさゐ」　『現代文学大系17　永井荷風集』筑摩書房
第五話「ノラや」　『ノラや』内田百閒　中公文庫
第六話「山椒魚（改変前）」　『井伏鱒二全集　第一巻』筑摩書房
『山椒魚』井伏鱒二　新潮文庫
第七話「山椒魚（改変後）」　『井伏鱒二自選全集　第一巻』新潮社
『夜ふけと梅の花・山椒魚』井伏鱒二　講談社文芸文庫
第八話「わかれ道」　『大つごもり・十三夜　他五篇』樋口一葉　岩波文庫
第九話「コネティカットのひょこひょこおじさん」　『ナイン・ストーリーズ』J・D・サリンジャー　野崎孝訳　新潮文庫

集英社文庫　目録（日本文学）

集英社文庫

九《ここの》つの、物語《ものがたり》

2011年2月25日　第1刷
2013年6月8日　第5刷

定価はカバーに表示してあります。

著　者　橋本《はしもと》　紡《つむぐ》
発行者　加藤　潤
発行所　株式会社　集英社
東京都千代田区一ツ橋2-5-10　〒101-8050
電話　03-3230-6095（編集）
03-3230-6393（販売）
03-3230-6080（読者係）
印　刷　凸版印刷株式会社
製　本　凸版印刷株式会社

フォーマットデザイン　アリヤマデザインストア　　マークデザイン　居山浩二

ISBN978-4-08-746665-2 C0193